»HERR ICH BIN NICHT WÜRDIG...«

ICH GLAUBE AN WUNDER –
DENN ICH BIN SELBST EINS

Marie Petry

»HERR ICH BIN NICHT WÜRDIG…

UND

… MEINE SEELE WIRD GESUND«

ein Lebensbericht

Bibliografische Information der Deutschen Nationalbibliothek
Die Deutsche Nationalbibliothek verzeichnet diese Publikation in der
Deutschen Nationalbibliografie; detaillierte bibliografische Daten sind
im Internet über http://dnb.d-nb.de abrufbar.

ISBN-13: 9783837019094
Titelfoto: Marie Petry
Titelbildentwurf: Brigitte Jötten/Marie Petry
Satz, Herstellung und Verlag:
Books on Demand GmbH, Norderstedt 2008
2. Auflage: 2010

Inhalt

Vorwort

Der hier beschriebene Lebensweg begann leidvoll und entwickelte sich dennoch hoffnungsvoll. Aus dem »Kellerkind« der vierziger Jahre und Waisenkind der Nachkriegszeit wird ein unglückliches Pflegekind.

Das 14jährige Mädchen absolviert als Klosterschülerin eine Hauswirtschaftliche Lehre.

In einem einsamen Entschluss wandert die Siebzehnjährige nach Bonn aus, wieder zu Nonnen in ein Krankenhaus in den Pforten- und Telefondienst. Der nächste Schritt ist der Stellenwechsel zu einem schwarzen politischen Verband und der Aufbruch in die Weiterbildung. Der Beginn der Abendschulzeit.

Dann steht die Welt still:

Die junge Frau wird Mutter. Sie »muss« heiraten. Mit der Ankunft des zweiten Kindes wird die Mutter kurze Zeit Nur-Hausfrau. Sie erwirbt in dieser Zeit das Sekretärinnen-Diplom. Zwei Jahre später legt sie die Begabtensonderprüfung ab. Studium und Lehrerexamen folgen in kürzester Frist. Nach ihrer Referendarzeit verlässt die Frau ihren Ehemann und ihre Kinder und wiederholt ihre eigene traumatische Verlassenheitsgeschichte. Nach acht Jahren Schuldienst im sozialen Brennpunkt und beladen mit ihren unbewältigten persönlichen Dramen erlebt die junge Frau einen körperlich-seelischen Zusammenbruch. Aus Scham über ihre eigene Geschichte ist sie eine Expertin im Sich-Verstecken geworden. Erst jetzt lernt die Frau, mit ihrer Wahrheit zu leben und einen Weg der Heilung und Unterstützung zu gehen.

Angesichts ihres außen und innen unglücklich begonnenen Lebens Ende des Krieges und ihrer im weiteren Lebenslauf beschämenden und beschädigenden Erziehung hinter verschlossenen Türen – mal im Chaos bei Mutter und Stiefvater, mal bei Nonnen in den Nachkriegs-Heimen und bei Pflegefamilien – ist für die Autorin eine Veröffentlichung in dieser Form not-wendig. Weil es um das Wiederfinden von früh verlorenem Grundvertrauen und ursprünglicher Liebe geht und um die Wiedererlangung ihrer Menschenwürde. Das Kind, das junge Mädchen, die Frau; sie sind mit dem tief eingemeißelten Satz »Herr ich bin nicht würdig« fast ein ganzes Leben lang stigmatisiert. Heute hat die gereifte Frau diese Zusammenhänge erkannt.

Den Menschen, die Marie Petry auf ihrem Weg unterstützt haben, die sich um sie gekümmert, sich ihrer angenommen haben, dankt sie von Herzen; vor allem ihren TherapeutInnen, Freundinnen und ihrer engsten Freundin Brigitte.

Sie widmet dieses Buch ihren Kindern, die sie aus ganzem Herzen liebt.

Bonn, im November 2007

Vorwort

zur zweiten Auflage

In diesem Lebensbericht geht es sowohl um ein ganz persönliches Nachkriegs-Schicksal in Deutschland, als auch um ein Beispiel für erlebte Geschichte auf dem gesellschaftspolitischen Hintergrund der deutschen Kriegs- und Nachkriegszeit. Im Geburtsjahr der Autorin, 1944, wird von den Nazis menschenverachtend und aussichtslos zu einem so genannten Endsieg aufgehetzt, die Stadt der Eltern, Dortmund, ist ausgesuchtes Ziel der Luftwaffe, das Haus der Eltern und Großeltern wird im März 1945 durch eine Bombe zerstört, in der Familie ist das Chaos ausgebrochen und kurz darauf brechen die schwierigen familiären Beziehungen ganz auseinander. In den katholisch geführten Kinderheimen und Pflegefamilien, in denen das Kind in den vierziger und fünfziger Jahren untergebracht wird, herrscht eine schwarze Pädagogik, die amtlich bestellten Fürsorgerinnen sind überfordert…

Dies sind die Lebensbedingungen, in die das Kind hineingeboren wird.

Dass diese unglücklichen Erfahrungen nicht nur die Autorin betreffen, sondern eine große Zahl von Kindern und Jugendlichen, erfährt die hier schreibende Frau erstmals 2006 aus dem Buch von Peter Wensierski »Schläge im Namen des Herrn«. Lange Jahre waren ihr die Zusammenhänge von persönlichem Schicksal und gesellschaftlich-politischem Hintergrund nicht in dem Maße bewusst, dass sie diese hätte benennen können.

9

2009 ergänzt eine weitere wichtige Erkenntnis ihren persönlichen Rückblick: Nachkriegskinder waren lange kein Thema in der Bundesrepublik. Diese Kinder und ihre Eltern blieben vergessen - bis zu dem anrührenden Buch von Sabine Bode »Die vergessene Generation«. Wer konnte sich um das Leid der Kriegskinder kümmern, wo es doch den Holocaust gegeben hat, schreibt Frau Bode.

Mittlerweile gibt es die Bücher von Wensierski, Bode und weiteren Autoren. Es gibt seit einem Jahr einen von der Grünen-Politikern Antje Vollmar initiierten »Runden Tisch«, der damit begonnen hat, die Leiden der ehemaligen Heimkinder aufzuarbeiten.

Heimkinder können endlich über ihre Erlebnisse reden. Ihnen wird zugehört. Sie werden ernst genommen. Und dieses späte Zuhören und Ernstnehmen betrifft auch die zahlreichen Missbrauchopfer, die nach Jahrzehnten des Schweigens erst jetzt in der Lage sind, über das Leid in ihrer Kindheit und Jugend zu sprechen.

Das Sprechen und Gehörtwerden kann auch hier der Anfang einer Heilung sein. Darüber hinaus kann das öffentlich machen und »wieder gut machen« der schlimmen Schicksale von Kindern und Jugendlichen die Chance einer schrittweisen Heilung unserer Gesellschaft bedeuten.

Bonn, im März 2010

10

PROLOG

Auch heute, mehr als dreißig Jahre später, ist es immer noch fast unaussprechbar:

Es geschieht am 31. Januar 1979.

Die junge Frau hat einen Kleintransporter bestellt, packt ein paar Habseligkeiten ein, vor allem ihre Kleider und ihre Bücher und verlässt nach zehnjähriger Ehe ihren Ehemann und ihre beiden Kinder. Die Kinder sind sieben und zehn Jahre alt.

Dieses Ereignis ist der äußere Höhepunkt eines Dramas, das eine Vorgeschichte hat und auch eine Fortsetzung.

Für die Frau ist ihre Flucht aus der Familie eine Verzweiflungs-Tat.

Für ihre Kinder ist sie ein Trauma.

Und für ihre Umgebung ein Skandal.

»Ich habe meine Kinder verlassen«.

Bei diesem Satz kommen ihr heute noch die Tränen.

Sie möchte, dass ihre Kinder ihre Geschichte kennen.

Und deshalb wird sie hier erzählt.

Jedenfalls, soweit sich die Frau erinnern kann.

DAS VERLASSENE KIND

Verlassen und verloren durch frühes Leid

Frühjahr 1944.

Es ist Krieg.

Kriegsschauplatz ist Dortmund, das stark bombardierte Ruhrgebiet.

Das noch ungeborene Kind Marie erlebt – noch im Bauch der Mutter – die Bombennächte in Dortmund. Mutter und Vater wohnen mit der einjährigen Schwester im Haus der Großmutter väterlicherseits in Dortmund-Hörde. Kurz vor der Niederkunft wird die schwer kranke Mutter nach Körbecke an der Möhne evakuiert. Im Juni 1944 wird im dortigen Krankenhaus das Kind Marie geholt und notgetauft. Weil das Leben der Mutter in Gefahr ist. Mutter und Kind bleiben – getrennt voneinander – neun Wochen im Krankenhaus. Die Mutter erholt sich nur mühsam von ihrem Nierenleiden. Nach Krieg und Krankheit will sie endlich leben.

Über vierzig Jahre später schreibt die Mutter der Tochter Marie in einem Brief:

»Ich wohnte mit deinem Vater bei seiner Mutter ganz alleine mit Inge (der älteren Schwester von Marie) in ihrem Haus in Hörde, Felizitasstraße. Mutter war Tag und Nacht im Bunker. Da kam eine Bombe bei uns ins Haus. Ich war mit dir im siebten Monat. Ich war mit deinem Vater ganz alleine im Keller. W. nahm mich auf seinen Schoß, da krachten die Bomben. Er fing an zu zittern und da kriegte ich auch Angst. Bei uns brannte der Dachstuhl, wo wir schliefen. Ich musste das Wasser aus dem Keller holen und W. spritzte. Ich war so fix und fertig, so dass bei mir das Bluten anfing. Der Arzt gab mir eine Spritze, damit sich das Kind wieder festsetzte. Aber die Angst und Aufregung haben sich auf dich und mich übertragen…Nach dem Großalarm holten drei Ausländer, während ich schlief, drei Brandbomben aus dem Fußboden neben meinem Bett. Darauf hin kam ich in ein Erholungsheim bei Körbecke. Inge kam in ein Heim. Ich bekam Schmerzen an den Nieren und Niereneklampsie. Und du wurdest geholt. Neun Wochen lag ich mit 39 bis 40 Fieber mit dir im Krankenhaus. Du bekamst die Nottaufe, weil man dachte, ich käme nicht durch. Anschließend kam ich mit dir in Kur zu einem Bauern. Aber erholt habe ich mich nicht mehr davon. Ich wollte weiter leben, wegen euch. Du warst ja so ein süßes Ding. Dein Vater holte mich wieder nach Hause. Die (Schwieger-)Mutter kochte für uns. Aber die Bomben kamen immer wieder, so dass wir drei ins Sauerland verschickt wurden. W. arbeitete in Hörde auf dem Schacht 3, bei Hoesch, bis wir am 12. März 1945 total ausbombardierten…«, also zwei Monate vor Kriegsende.

Schon knapp ein Jahr nach der Geburt wird das Kind zur Sozialwaise. Die Mutter will ihren Lebenshunger stillen. Sie lässt sich vom Vater des Kindes scheiden und heiratet bald darauf im Sauerland einen Walter Ch., einen Alkoholiker. Mit ihm führt die Mutter eine chaotische siebenjährige Ehe – in einem Stein-Schuppen auf einer Wiese in der Nähe von Elspe. Die Mutter will viele Männer haben. Man sagte im Sauerland, sie standen

Schlange, während der Stiefvater auf Schicht unterwegs ist. Ihr erster Mann, Maries Vater, soll auch dabei gewesen sein. Es werden noch zwei Halbgeschwister, zwei Jungen, geboren. Danach wird die Mutter professionell. Und noch später, als die Mädchen im Waisenhaus Overhagen verbogen werden, der jüngere Bruder gestorben ist und der andere in einem Heim für schwer erziehbare Jungen im nördlichen Espelkamp lieblose Heimerziehung erleiden muss, wird die Mutter in der einschlägigen Herbertstraße in Hamburg als Prostituierte sesshaft. Dort bleibt sie viele Jahre.

Lange bevor die Mutter ihre Familie ganz verlässt und nicht nur in St. Pauli, sondern auch in anderen größeren Städten »arbeitet«, ist für die kleine Marie und ihre knapp zwei Jahre ältere Schwester in dem kleinen Schuppen in doppelter Bedeutung kein Platz. Sie kommen vermutlich auf die Initiative des Stiefvaters in das Kinderheim Silberg und später in das Waisenhaus Olpe, wo Marie auch eingeschult wird. Und schließlich sitzen Inge und Marie in einem äußerlich schönen, innen unmenschlich geführten Kinderheim, Schloss Overhagen, ein.

Nun sind die Kinder von ihren Eltern für immer verlassen. Sie werden von »katholischen« Nonnen durch nachhaltig beschädigende Erziehungsmethoden der fünfziger Jahre für das weitere Leben verbogen. Die Schwestern sind voneinander in verschiedenen Altersgruppen getrennt. Sie sehen sich nur bei den Mahlzeiten und den sonntäglichen Spaziergängen in Reih und Glied. Sie haben später seltenen und problematischen Kontakt miteinander. Im

14

Alter von neun (Marie) und elf (Inge) Jahren werden die Mädchen im Sauerland in verschiedenen Pflegefamilien untergebracht.

Im Chaos bei Mutter und Stiefvater in einem »Kalkhäuschen« auf einer Wiese in Ernestus

In diesem kleinen Steinschuppen auf einer einsamen Wiese im Sauerland erlebt das Kind Marie ein verheerendes Chaos in Form von mangelnder Betreuung, Hunger, Abwesenheit und Überforderung der Mutter, Bedrohung durch den betrunkenen Stiefvater, Abschiebung der eifersüchtigen Schwester, Isolation durch das Leben in einem winzigen Kalkhäuschen im Grünen, eingerahmt von den für das Kind bedrohlichen Sauerländer Wäldern. Alles bleibt in den Träumen der Frau jahrzehntelang präsent. Dreihundert Meter weiter ist ein Bauernhof, der Zufluchtsort der Mutter. Dorthin flieht sie vor dem betrunkenen, gewalttätigen Ehemann. Mindestens zweimal lässt sie das Kind Marie beim Stiefvater zurück. Die Frau kann in ihren Erinnerungs-»Filmen« die Szenen immer nur bis zu einer bestimmten Stelle verfolgen:

Da ist der Stiefvater, der in dem kleinen Raum im Kalkhäuschen steht. Er sieht das Mädchen an. Aus einem Gefühl von Bedrohung läuft das Kind nach draußen ins gegenüber liegende Klohäuschen; sagt, es müsse aufs Klo. Es bleibt im Klohäuschen stehen und wartet ab. Dann versucht es, den anderen nachzulaufen: rechts herum, den kurzen, ansteigenden Pfad zur Straße hinauf. Der Stiefvater beobachtet das Kind durch den Spalt der offen stehenden Tür. Er pfeift es zurück – im wahrsten Sinne des Wortes. Der Ton ist noch hörbar. Das Kind gehorcht, kommt zurück. Es sieht im Gesicht des Stiefvaters noch Reste von weißem Rasierschaum. Es riecht ihn auch. Dann reißt der Film.

16

Der Mann hatte sich gerade rasiert. Der kleine Spiegel hing genau neben der offen stehenden Tür.

Im zweiten »Film« stehen sich wieder Stiefvater und Kind in der Mitte des kleinen Raumes gegenüber. Das Kind hat in seiner Schürze Habseligkeiten gesammelt, mit denen es nun zu den anderen laufen will. Der Stiefvater schlägt ihm die Schürze aus der Hand. Das Kind hört, wie die Sachen auf den Boden fallen…

Es gibt andere Szenen, die sich als Hör-Bilder eingravieren: Da schlägt der Mann, mit einem Latschen in der Hand und mit Wut im Gesicht auf die Mutter ein. Das Kind hört verzweifelte Schreie vor Schmerz und ein anderes Mal Schreie anderer Art.

Immer wieder will Marie erzwingen, dass die Schwester mit ihr spielt. Sie ruft von draußen nach drinnen: Mutti, die Inge will nicht mit mir spielen. Aus dem Haus kommt Mutters strenge Stimme: Inge, willst du wohl mit der Marie spielen! Inge ist schon längst über alle Berge.

Es gibt auch schöne, tröstliche Erinnerungen aus einigen weiteren Erinnerungsfetzen: In Halberbracht ist Kirmes. Stiefvater, Mutter, Schwester und Marie sind auf dem Rückweg. Marie trägt stolz einen mit Helium aufgeblasenen Luftballon. Nach einem guten Stück Weg rutscht dem Kind der Luftballon aus der Hand und er fliegt davon. Das Kind weint. Es ist untröstlich. Die Mutter fragt schließlich, ob es denn einen neuen Luftballon haben wolle. Ja, klar! Alle marschieren unter dem Gemaule der Schwester wieder zum Rummelplatz zurück.

Marie hat den Türschlüssel verloren. Niemand ist da. Das fast ebenerdige Fenster ist verschlossen. Endlos lange sucht sie immer wieder neu die große Wiese nach dem kleinen Schlüssel ab. Endlich kommt die Mutter nach Hause. Sie lacht. Ist nicht schlimm. Ein Wunder.

Einmal soll das Kind auf Wunsch der Mutter nach Elspe gehen, um dort einen »Onkel« zu treffen. Es soll ihm sagen, dass »die Mutti heute nicht kommen kann«. Das Kind fürchtet sich vor dem langen Weg durch ein langes Stück Tannenwald und auch davor, dass es den Mann nicht finden könnte. Es findet ihn auch nicht. »Macht nichts«, sagt zum Glück die Mutter, als das Kind endlich zurück ist.

Der Weg zur Schule in Halberbracht ist für Kinderfüße unendlich weit (siehe Skizze) und auch das Waldstück ist unheimlich. Das Kind geht unregelmäßig zur Schule. Die Winter sind sehr kalt.

Schließlich werden Inge und Marie eines Tages durch eine Überraschungsaktion des Jugendamtes Olpe in das Waisenhaus Overhagen bei Lippstadt verfrachtet. Die beiden Halbbrüder bleiben »zu Hause«. Der jüngere Bruder stirbt ein Jahr darauf. Der größere Bruder kommt kurz darauf in ein berüchtigtes Erziehungsheim, nach Espelkamp, im nördlichsten Zipfel von Nordrhein-Westfalen.

Im Kinderheim-Gefängnis Overhagen

Das siebenjährige Kind ist am Morgen des Abtransports durch die Polizei noch nicht in der Schule und liegt mit der Mutter im Bett, als es draußen klopft und sofort zwei Polizisten eintreten. Sie fragen förmlich: Wohnt hier eine Marie Petry? Der kleine Schlafraum füllt sich mit zwei mächtigen, grün gekleideten Männern. Das Kind krallt sich voller Angst mit einer Hand am rechten Bettrand fest. Ein uniformierter Riese versucht, es mit Gewalt aus dem Bett zu ziehen, was ihm nicht gelingt. Die Mutter ruft: Komm zu mir! Das Kind krabbelt tatsächlich zu ihr herüber und wird dabei schnell von einem der Männer gefasst, heraus getragen und in einen VW-Bus verfrachtet. Dort stellt sich heraus, dass noch eine Frau anwesend ist. Sie ist amtlich bestellte Fürsorgerin für den Kreis Olpe. Später wird sie ersetzt durch eine andere. Diese Frau H. kümmert sich dann, so gut sie kann. Sie setzt sich viele Jahre für ihr Mündel ein.

Die Polizei-Aktion hat noch einen zweiten Teil. Der VW steuert die Volksschule Halberbracht an. Dort wird die Schwester aus dem Unterricht geholt und ebenfalls eingeladen. Sie ist kein Trost für die Kleinere. Die Geschwister sind mit ihrem Unglück allein.

Die Fahrt erscheint endlos. Die Fürsorgerin lügt: Wir besuchen jemanden. Die Kinder fragen nicht, wen. Unterwegs kotzt das jüngere Kind den Wagen voll. Dazu das Bild in der heutigen Erinnerung: Zwei Kinder sitzen auf einer kleinen Mauer, unten plätschert ein Fluss, oben scheint die Sonne. Die Stimmen aus dem VW klingen gedämpft-missmutig. Das Mädchen erinnert sich nach der offensichtlichen Lüge der begleitenden Frau an keine weiteren Worte mehr, die an die Kinder gerichtet werden. Seit dem notgedrungenen Zwischenstop und der Pause auf dem Mäuerchen weiß das Kind nichts mehr über den weiteren Verlauf dieser Reise in eine schlimme, für offene Sinne unerträgliche Zeit.

Die siebenjährige Marie wird nun endgültig ein Waisenkind – und späteres Pflegekind – mit noch lebenden, aber fremden Eltern, die es auch später nur flüchtig kennen lernen wird. Marie ist von Natur aus aufgeweckt, lebhaft, neugierig, spontan, am liebsten immer in Bewegung; doch so, wie sie ist, wird sie nicht angenommen und gemocht. Stattdessen wird jede Kleinigkeit bestraft. Marie muss öfter als andere in der Ecke stehen, wie ihr später ihre ältere Schwester erzählt. Zum Beispiel, weil Marie beim Blick über den gedeckten Mittagstisch »vorlaut« und laut ausruft: Schon wieder Brotsuppe! Die große Schwester schämt sich bei solchen Gelegenheiten. Aber es habe ihr Leid getan, dass Marie so oft in der Ecke habe stehen müssen.

So entwickelt sich das ihrer Ursprünglichkeit beraubte Kind zu einem durch und durch ängstlichen, sich schuldig fühlenden, leb-losen Geschöpf. Es hat den Mann im Mond als seinen Verbündeten entdeckt. Hinter den schönen Mauern von Schloss Overhagen verliert sich das Kind endgültig durch fortgesetztes Leid im Namen des Herrn, durch den Verlust der Eltern, sogar durch den Verlust seines Namens. Es ist keine Person mehr, sondern die Nummer 18. (Über diese Zahl »stolpert« die spätere Lehrerin regelmäßig in ihrem Mathematik-Unterricht.)

Die zentralen Orte im Kindergefängnis Overhagen sind die dem Kind unangenehme, fast unheimliche Kapelle, die nach Bohnerwachs riechende, leblose Schulklasse, der dunkle Speise- und recht kleine Aufenthaltsraum mit verschlossenem Stahlschrank (in dem die Päckcheninhalte der Verwandten aufbewahrt und bewacht werden), das offene Treppenhaus, der bedrückende Schlafsaal. Das Schloss ist umgeben von einem Wassergraben und einem schönen Park, der sonntags von den Zöglingen in Reih und Glied abgegangen werden darf. Manchmal gibt es auch einen größeren Spaziergang, nach Nummern geordnet, zum Tor hinaus, in die nähere Umgebung. Marie trottet als Nummer 18 immer im Mittelfeld hinter den anderen her.

Einmal, im Herbst, laufen einige Kinder aus der Reihe und einen Hang hinunter, um Äpfel zu »ernten«, die im Gras entlang des Gartenzaunes liegen. Die achtjährige Marie ist glücklich, dass sie auch einige Äpfel ergattert hat und trägt sie stolz in ihrer Schürze. Durch die Reihen wird geraunt, dass das verboten ist und von den vorne stehenden Nonnen bestraft wird. Vor Schreck lassen alle Kinder ihre Schätze fallen, müssen aber den Nonnen »beichten«, dass sie »Äpfel geklaut« haben. Die guten Kinder werden nach rechts sortiert, die bösen nach links. Die Jungen werden sofort mit einer Tracht Prügel auf dem Hosenboden bestraft. Marie, als einziges Mädchen dieser Riege, bekommt Hausarrest in Aussicht gestellt für einen Sonntag, an dem alle Heimkinder auf eine Kirmes, wahrscheinlich in Lippstadt, gehen dürfen. Dieser einsame Sonntag wird der längste Tag ihres Heimlebens.

An diesem Abend überrascht sie ihre größere Schwester mit einem Fläschchen Liebesperlen.

Es gibt keine Unterlagen mehr über die Zeit in den Heimen. Als die Frau später beim Jugendamt Olpe danach fragt, erfährt sie, dass die Ordner (die das junge Mädchen einmal im Büro von Frau H. registriert hatte) »vernichtet« worden sind. Sie bekommt nur noch die dürftigen Adoptionspapiere aus dem Jahre 1965 zu sehen.

Das einzig verbliebene Dokument ist das Zeugnisheft der Volksschulen, das die Olper Pflegeeltern lange aufbewahrt und ihr später übergeben haben.

Das erste Halbjahreszeugnis wurde am 1.11.1950 von der Volksschule Olpe ausgestellt. Die einzige Bemerkung klingt viel versprechend: »Die Leistungen waren gut. Das Klassenziel wird voraussichtlich erreicht«. Unterschrieben ist die Zeugnisseite von Schwester Gotthardine, was ein Hinweis darauf ist, dass das Kind im Waisenhaus Olpe eingeschult wurde. Es gibt keine Erinnerung an eine Einschulung, aber ein vages Bild von einem Kind, das mit gesenktem Kopf und allein den Imberg zur Olper Volksschule hinauf trottet. Bereits am Ende des 1. Schuljahres ist das nächste Zeugnis in Halberbracht ausgestellt und von Walter Ch., dem Stiefvater, unterschrieben. Marie und Inge sind auf Beschluss des Jugendamtes für ein gutes Jahr »auf Probe« zur Mutter und zu dem Stiefvater zurückgekommen.

Das Kinderheim Overhagen hat für die Klassen eins bis vier eine hauseigene Schule. In den süd-östlich liegenden Schulraum scheint bei gutem Wetter vormittags die

22

Sonne in die Klasse hinein. Alles andere ist eine düstere Erfahrung. Tag für Tag werden die sechs- bis zehnjährigen Heiminsassen in dieser trostlosen Schule dumm und stumm gemacht. Sie sitzen stundenlang nach vorn gebeugt und still in den obligatorischen Holzbänken und verrichten eine verordnete Arbeit. Die beherrschende Atmosphäre ist absolute, bedrückende Stille. Ab und zu kommt Leben in den Raum, weil ein Kind etwas nicht weiß oder falsch macht. Dann wird gelacht. Oder wenn die Jungen Schläge auf das Hinterteil bekommen und die Mädchen mit einem Stock in die Hände geschlagen werden. Ein anderes Mal betritt ein Mann (der Schulrat) den Raum und fragt nach den Kindern, die »noch nicht sitzen geblieben« sind. Zwei Kinder stehen auf: Die beiden Schwestern Marie und Inge. Die Ältere schnappt die Bemerkung der Nonne auf, dass die beiden »dieses Jahr« soweit sind.

Marie muss vorlesen. Sie stockt und kommt nicht weit. Das genügt. Lesen: Mangelhaft. Setzen. Ein anderes Mal erfährt das Kind in der Pause, dass Fontanes Gedicht »Herr von Ribbeck« auswendig gelernt werden sollte und gleich abgehört wird. Die erste Strophe kann das Kind noch schnell lernen, bei der zweiten kommt es dran. Schadenfreude im sonst leblosen Raum und tiefe Beschämung bei dem Kind. »Der Ribbeck« begegnet der erwachsenen Frau noch zwei Mal: einmal in der zweiten praktischen Lehrerinnen-Prüfung als Debakel, ein weiteres Mal dann endlich als befreiendes, kreativ umgesetztes Stück in einer ihrer vierten Klassen. Das Kind Marie wird in diesem Schuljahr – wie angekündigt – nicht versetzt. Ein Makel, den es immer wieder umschiffen oder auch aushalten muss.

Das noch vorhandene Zeugnisheft gibt über das schulische Versagen des Kindes förmliche, niederschmetternde Auskunft:

In den so genannten Kopfnoten:

Führung: ausreichend
Beteiligung am Unterricht: mangelhaft
Häuslicher Fleiß: mangelhaft
Schulbesuch: regelmäßig

In den Leistungen sieht es nicht besser aus:

Biblische Geschichte: ausreichend
Katechismus: ausreichend
Mündlicher Ausdruck: ausreichend
Lesen: mangelhaft
Aufsatz: mangelhaft
Rechtschreiben: mangelhaft
Heimatkunde: mangelhaft
Rechnen: mangelhaft
Musik: befriedigend (!)
Zeichnen und Werken: mangelhaft
Weibl. Handarbeiten: mangelhaft
Schreiben: ausreichend
Leibesübungen: ausreichend
Bemerkungen: nicht versetzt

Bilanz: Neun Mal wird eine mangelhafte Leistung attestiert für ein nicht wahrgenommenes, abgeschobenes, wenn auch kluges Kind.

Das bleibt nicht ohne Wirkungen.

Das lange Stillsitzen über die Schulstunden hinaus macht das Kind dumm und zusätzlich beladen. Es frisst unterdrückte Wut, Scham und wachsende Ängste in sich hinein. Es wird äußerlich pummelig und unbeweglich. Abends wird den Kindern, die nicht einschlafen können, im Schlafsaal unter dem Dach ein »Buhmann« ans Bett geschickt. Vermutlich durch eine in einem Umhang verborgene Nonne, extrem vergrößert mit einem riesigen Hexenhut auf dem Kopf. Durch zusätzliche einschüchternde Ermahnungen bleiben alle, die noch wach sind, mit ihren Ängsten allein.

Die größten Ängste verursacht die für katholisch gehaltene religiöse Erziehung. Sie setzt einen strafenden »lieben Gott« über alles, was an Lebendigkeit zum Vorschein kommen will und was die Sitte und Ordnung im Haus stört. Der liebe Gott sieht alles und weiß alles, z.B. Ungehorsam, schwätzen, herumspringen, lügen und vor allem: die Unkeuschheit; die allergrößte, schlimmste Sünde, nämlich die Todsünde schlechthin.

In der Zeit der Vorbereitung auf die Erstkommunion werden die nötigen Grundkenntnisse der achtjährigen Marie eingebläut: Die zehn Gebote, der so genannte Beichtspiegel, werden auswendig gelernt, ebenso das lange Glaubensbekenntnis und die liturgischen Texte der Messfeier. Die Lektüre dazu ist das Sursum corda, das damalige Gebet- und Liederbuch der Katholiken. Es werden Beichtzettel verfasst und das Beichten wird geübt, in den kleinen, dunklen Beichtstühlen, die an den Seiten der Hauskapelle stehen.

Das schlimme sechste Gebot lautet: Du sollst nicht

ehebrechen. (Was für ein Wort für ein Kind!) Hier gibt es den Zusatz: Du sollst kein Unkeuschheit treiben, in Gedanken, Worten und Werken. Die wenigen Andeutungen und vor allem die nonverbalen, gequälten Äußerungen zu diesem Gebot geben mehr Aufschluss: Alles ist schlecht und verboten, was den eigenen Körper betrifft. Er ist die Sünde schlechthin. Jede Berührung ist deshalb schwerste Sünde. Vor allem da, wo es sich schön anfühlt. Denn das hat das Kind schon längst entdeckt. Daraus erklärt sich seine große tägliche Not, in der Frühmesse »nicht würdig« zu sein, um die heilige Hostie in Empfang zu nehmen. Einmal in der Woche gesteht das Kind dem unsichtbaren Geistlichen unter größter Überwindung: Ich habe Unkeuschheit getan im Tun. Schon am nächsten Morgen in der Messe fühlt sich das Kind nicht mehr »würdig«. Es hat »es« wieder getan. Es macht dem lieben Gott Versprechungen, die es nicht halten kann. Und so muss es immer wieder aufs Neue beichten: Ich habe Unkeuschheit getan. Selbst am Tag der Erstkommunion hat das Kind kein anderes Gefühl als die Angst, nach vorne zu gehen und die Hostie unwürdig in Empfang zu nehmen. Der dreimalig gesprochene Satz: »O Herr, ich bin nicht würdig, dass du eingehst unter mein Dach…«, ist tief in die kindliche Seele eingebrannt; verbunden mit der Körpergeste: mea culpa, mea culpa, mea maxima culpa (durch meine Schuld, durch meine Schuld, durch meine übergroße Schuld). Für den zweiten Teil des Satzes: »…. Aber sprich nur ein Wort, so wird meine Seele gesund«, hat das Kind keinen inneren Ort. Es gibt ihn nicht. Das Gefühl, nicht würdig zu sein, taucht unbewusst bis ins späte Erwachsenenleben hinein

26

und in allen Lebensbereichen immer wieder auf. Es ist eine Lebensaufgabe für die Frau, sich mit therapeutischer Hilfe von diesem Makel »Ich bin nicht würdig« und ihren damit verbundenen schmerzlichen Lebensthemen zu befreien.

Am Tag der Erstkommunion dürfen alle Kommunionkinder Besuch bekommen. Ein großes Ereignis. Das Kind Marie erwartet zum ersten und einzigen Mal Besuch. Die meisten Kinder werden nach der Messe von den Angehörigen in Empfang genommen. Marie bleibt schließlich alleine zurück. Niemand ist da. Sie wartet lange und sehr ungeduldig, mit hängendem Kopf, hin und her laufend auf Mutter und Stiefvater. Als die Mutter endlich da ist, fremdelt das Kind. Sie ist alleine gekommen. Sie bringt schlechte Nachrichten: Der kleine Bruder ist gestorben. Und von Walter Ch. wolle sie sich scheiden lassen. Deshalb ist er nicht mitgekommen. Im Jahr vorher war er bei der Kommunion der Schwester noch dabei.

Ganz allmählich löst sich die Fremdheit und Mutter und Kind werden vertraut. Auf der Bank, vor der schönen Fassade des Heimes, singt die Mutter das Kinderlied: Kommt ein Vogel geflogen… Lieber Vogel, fliege weiter, nimm ein Gruß mit und ein Kuss, denn ich kann dich nicht begleiten, weil ich hier bleiben muss.

Am Abend fliegt der Vogel weiter und kommt erst wieder, als das Kind schon 14 Jahre alt ist. Am Ende des Tages der ersten Kommunion weint das Kind bitterlich, als die Mutter sich verabschiedet. Es will nicht in den Speiseraum. Trotz des Abschiedsschmerzes und der schluchzenden Tränen staunt es gleichzeitig darüber, dass niemand schimpft, weil es zu spät zum Abendessen kommt. Alle anderen sitzen schon lange an den Tischen.

Alle Kommunionkinder bekommen zur Erinnerung von den Nonnen als einziges Geschenk einen schönen, glitzernden Rosenkranz mit einem kleinen Täschchen dazu. Als das Kind mit einem kleinen braunen Köfferchen diesen schrecklichen Ort verlässt, verlangen die Nonnen den Rosenkranz ausdrücklich wieder zurück. Schon das Kind ist sehr befremdet über diese kränkende Geste.

Ab und zu schickt die Mutter nach Overhagen ein Päckchen für die Schwestern Marie und Inge. Der Inhalt darf betrachtet werden, etwas wird verteilt. Alles andere wird in einem Eisenschrank im Aufenthaltsraum eingeschlossen, oft vergessen und selten genug, meistens sonntags, hervorgeholt. Einmal sind zwei Mundharmonikas dabei. Draußen darf gespielt werden, wo die Kinder selten sind. Später hat sich die Lehrerin eine richtig gute, doppelseitige Mundharmonika geleistet und spielt heute noch gerne darauf. Einmal sind Bälle im Päckchen. Eines Tages hat sich das Kind Marie bei einem Gang durch den Park unter jedem Arm einen Ball geklemmt. Es will keinen abgeben und wehrt sich heftig, als die anderen Kinder handgreiflich werden und wenigstens einen Ball haben wollen. Damit macht sich das ohnehin einzelgängerische Kind noch unbeliebter und einsamer. Es hat keine Freundin in diesem Haus und auch keine Lieblingsnonne wie die Schwester. Bei ihr taucht zu besonderen Anlässen eine »Patennonne« mit kleinen Geschenken auf. Für Marie mit der Nummer 18 scheint keine Nonne als Patin »zuständig« zu sein. Manchmal hat sie so eine persönliche Zuwendung sehr vermisst.

Eines Tages wird das Kind gewaschen, gekämmt, in ein sauberes, nettes Kleidchen gesteckt und in einen Raum geschoben. Es erscheint ein Mann mit einer Kamera. Sie ist auffällig groß. Der Mann fordert das Kind auf, die Lippen nass zu machen und zu lächeln. Es dauert lange, bis er den Auslöser drückt. Dieses Foto gibt es heute noch (siehe Titelbild). Es wird Pflegeeltern vorgelegt. Die spätere Frau sieht in ein lächelndes Gesicht mit leeren Augen.

Sie hätten nicht überlebt, hört die Frau später, wenn es nicht auch etwas Positives in der Kinderzeit gegeben hätte.

Gab es etwas »Gutes« in dieser Zeit?

Es gab Lieder. Es wurde gesungen. Z.B. Lieder aus dem Riesengebirge, dem Stammsitz des Ordens. Diese Lieder klingen der Lehrerin später im Ohr, mit mehrstrophigen Texten. »… Riesengebirge, deutsches Gebirge, meine liebe Heimat du…«, »Waldeslust, oh, wie einsam schlägt die Brust: Mein Vater kennt mich nicht, meine Mutter liebt mich nicht. Und sterben mag ich nicht, bin noch zu jung.«

Alle früheren und späteren Lieder sammeln sich im Laufe der Zeit zu einem ausführlichen Liedgut-Schatz. Die Lehrerin singt gerne und täglich. Sie lernt als erwachsene Frau Gitarre spielen und die Lieder begleiten. Zur eigenen Freude, zur Freude der Kinder und noch später zur Freude der alten Menschen im Altenheim.

Die Pflegeeltern

Das Fotografen-Foto von Overhagen dient der »Bewerbung« bei Pflegeeltern. Im Jugendamt Olpe hat sich die Meinung herausgebildet, dass angesichts der anhaltend ungeordneten Familienverhältnisse im Kalkhäuschen in dem Dreihäuser-Ort Ernestus keine Hoffnung auf eine positive Entwicklung gegeben ist.

In dieser Situation finden sich zwei Pflegestellen: Für jede Schwester eine andere. Das ist ein Schock für das jüngere Kind. Es möchte so gerne wenigstens die Schwester bei sich in der Nähe haben. Wieder fährt ein Jugendamt-Auto vor. Dieses Mal ist es ein normaler Käfer. Die Geschwister werden zusammen abtransportiert. Unterwegs wird nichts besprochen oder erklärt. Es liegt Spannung in der Luft. Bis die eine von beiden am Ziel ist. Die Pflegestelle der älteren Schwester ist in einem kleinen Ort hinter Grevenbrück, Kreis Olpe. Die Pflegeeltern sind kinderlos. Sie bewirtschaften einen Bauernhof mit mehreren Kühen im Stall. Der Pflegevater war selbst nach Overhagen gefahren, hatte persönlich die Schwestern begutachtet und sich für die Ältere entschieden.

Marie fährt weiter nach Welschen-Ennest, zwischen Olpe und Elspe, zu einer dreiköpfigen Familie: Vater, Mutter, ein etwa vierjähriger Junge. Seinetwegen wird das Mädchen hier angenommen. Als Kindermädchen. Am ersten Abend muss das Kind in eine kleine Zink-Badewanne steigen, die mitten ins Zimmer gestellt wird. Es ziert sich lange, will sich nicht nackt ausziehen. Auch der Mann ist im Raum und hüpft auf einem Bein hin und her. Die neuen Pflegeeltern haben beide im Krieg

30

ein Bein verloren. Die Frau trägt meistens eine Prothese. Das Mädchen soll sich um den kleinen Jungen kümmern. Es bleibt nur ein knappes Jahr. Es hat die Leute Mama und Papa genannt. Die Schulleistungen sind besser geworden. Was ist passiert, dass das Mädchen wieder weg geschickt wird?

Die Pflegeeltern trauen dem Mädchen nicht. Es soll dem kleinen Sohn beim Pipi machen helfen, damit nichts in die Hose geht. Das schüchterne Kind stellt sich ungeschickt an. Das Pipimännchen ist ganz weich und flutschig und auch nicht ganz geheuer. Es wird auch ein Beichtzettel gefunden mit aufgelisteten Sünden. Neben den üblichen Kleinigkeiten steht auch darauf: Ich habe Unkeuschheit getan im Tun. Es wird mit dem Pfarrer Rücksprache gehalten. Das Kind erscheint nicht tragbar für eine aufstrebende, junge Familie. Ein zweites Kind wird erwartet und es ist ein Umzug in eine andere Stadt geplant.

Ohne Vorankündigung steht wieder der VW des Jugendamtes vor der Tür. Das braune Köfferchen wird mit der Bemerkung überreicht, dass das Kind damit gekommen ist. Die Puppenstube, die es Weihnachten bekommen hat, ist nicht darin.

Die Fürsorgerin erklärt auch dieses Mal nichts.

Es ist das Jahr 1954. Das Kind wird in diesem Jahr 10 Jahre alt. Die Fahrt geht dieses Mal direkt nach Olpe. Dort ist das Kind kurz zuvor in den beiden katholischen Kirchen »von der Kanzel gefallen«, d.h. mit einem kirchlichen Aufruf sind Pflegeeltern für das Kind gesucht und auch gefunden worden.

31

Die neuen Eltern sind ein älteres Ehepaar mit einem Hund namens Bubi. Sie bewohnen am Rande von Olpe ein so genanntes Behelfsheim, das sie noch im Krieg gebaut haben. In den vier kleinen Räumen ist noch ein Flüchtlings-Ehepaar untergebracht. Unten, im Keller des Hauses und draußen auf der Wiese leben Schafe, Ziegen, Hühner, Gänse.

Das Kind will nie, nie, nie wieder Mama und Papa sagen. »Tante Hilde«, die Mitbewohnerin, ist unermüdlich in ihrem Bemühen, dem Kind diese beiden schönen Wörter beizubringen, bis es schließlich aufgibt. Es sagt noch einmal Mama und Papa zu den neuen Eltern, ohne hier heimisch werden zu können. Die Pflegeeltern geben, was sie haben: ihre Fürsorge, ein Dach über dem Kopf, genug zu essen, die Aussicht auf ein eigenes Zimmerchen, einen neuen, warmen Wintermantel. Das Kind ist innerlich zu verschlossen und zerrüttet, um sich noch einmal öffnen zu können.

Die Winter sind in den fünfziger Jahren bitterkalt. Eisblumen sind monatelang an den Fensterscheiben. Das Bettzeug ist klamm. Nur in der Küche wird geheizt. Das Licht spendet die Laterne von draußen. Abends wird »Katzenwäsche« gemacht. Das Plumps-Klo hinter dem Haus betritt das Kind nur mit Ekel. In der Schule will niemand neben dem streng riechenden Kind sitzen. Lehrer Tröster ist alt und wirkt versteinert. Es sind 50 Kinder und mehr in der Klasse. Das angenommene Kind ist Außenseiterin. Peinlich sind die wiederkehrenden Fragen nach den Familienverhältnissen. Beruf des Vaters? Hilfsarbeiter! Hiltrud Greitemanns Vater ist Fabrikant. Einmal sagt Hiltrud: Mir macht es nichts aus, mich neben Marie zu setzen. Hildegard, eine Mitschülerin aus der oberen Siedlung, die den gleichen Schulweg hat, will nicht mit Marie zusammen nach Hause gehen.

Einmal will sich Marie bei Hildegard interessant machen und gibt damit an, dass sie eine eigene Geschichte geschrieben habe. Die will Hildegard unbedingt lesen. Sie reißt Marie nach einem regelrechten Ringkampf das kleine gelbe Büchlein aus den Händen. Eine schlimme Niederlage und ein schlimmer Verlust.

Im 5. Schuljahr folgt auf den fast unbeweglichen Lehrer Tröster das junge Fräulein Brockmann. Sie stolziert referierend durch den immer noch voll gestopften Klassenraum, spielt dabei mit ihrer dicken Halskette und sieht meistens geradeaus, in die Ferne. Montags lässt sie sich von einigen Kindern den Inhalt der Sonntagspredigt wiedergeben, worin Marie richtig gut ist. Trotzdem bekommt sie in Biblischer Geschichte eine drei, was für sie die erste große Enttäuschung ist in Bezug auf das Erteilen von gerechten Noten. Zur Findung einer Musiknote lässt Frau Brockmann einzeln aufstehen und vorsingen. Regina Maus singt mit heller, schöner Stimme: Mein Vater war ein Wandersmann. Einmal traut sich ein Mädchen, der Lehrerin aufmüpfig zu widersprechen. Das Kind muss nach vorne kommen und dort angekommen, gibt es augenblicklich einen heftigen Knall – nämlich eine saftige Ohrfeige. Schrecksekunden. Kein Wort fällt. Absolute Stille. Aufrechter Abgang mit knallroter rechter Backe. Marie ist lebenslang beeindruckt von dieser mutigen Mitschülerin.

Nach ihrer Heirat noch im gleichen Jahr kommt das frühere Fräulein Brockmann nicht wieder.

Es folgt im neuen Schuljahr ein Lehrer namens Holterhoff. Er ist den Pflegeeltern bekannt, hat selbst fünf eigene Kinder und scheint sich auch für seine Schulkinder zu interessieren. Er nimmt Marie wahr als ein Schulkind, das Unterstützung braucht und kümmert sich darum, dass sie die Schulbücher für die 6. Klasse von der Schule bekommt. Er hat Marie in der Pause zu sich bestellt, um die Bücher selbst zu übergeben. Voll Freude über diese persönliche Zuwendung sprintet Marie jeweils zwei Stufen die Treppen hoch in den ersten Stock für diese kurze Audienz beim Lehrer. Er steht oben im Flur am Fenster und erwartet sie schon.

Eines Tages »träumt« Marie während seines Unterrichtsvortrages. Das bemerkt Lehrer Holterhoff und er wirft das Stück Kreide, das er gerade in seiner rechten Hand hat, in Richtung Marie und trifft genau ihren linken, sprießenden Busen. Die ganze Klasse brüllt. Und auch er, der nette Lehrer, lacht unbekümmert. Marie sieht beschämt auf ihr leeres Pult.

In ihrem letzten, 7. Schuljahr in der Volksschule am Hohen Stein gibt es noch einmal einen Lehrerwechsel. Dieses Mal ist Fräulein Dähmer Maries Klassenlehrerin. Sie ist die erste, die Marie einmal für gute Rechtschreibleistungen lobt. Nur das Wort Gedächtnis habe Marie im Diktat ohne t in der Mitte geschrieben. Sonst wäre es eine EINS gewesen. Was für eine große Beachtung für das so selten wahrgenommene Mädchen!

Gegen Ende des 7. Schuljahres bemerkt Fräulein Dähmer einmal zwischendurch, dass es jetzt nur noch sechs

34

Wochen bis zum Schuljahresende seien. Die würden sehr schnell vorbei gehen. Marie, die nach dem 7. Schuljahr die Volksschule verlassen wird, denkt bei sich: Noch sechs lange Wochen!

Auf ihren recht langen Schulwegen erlebt Marie immer wieder Hänseleien von den Jungen aus ihrer Klasse. Sie wird als »dicke Molly« usw. betitelt und ausgelacht. Einmal, im Winter, schnappt sich Marie so ein Bürschchen und riskiert mit ihm einen regelrechten Ringkampf, den sie gewinnt. Seitdem gibt es keine derartigen Vorfälle mehr.

Eines Tages kommt Marie auf die wahnwitzige Idee, den größeren »Hacki« aus der Siedlung auf der anderen Seite herauszufordern. Sie treffen sich zufällig mit dem Fahrrad auf der Günsestraße. Marie ist auf dem Weg in die Stadt, zur Verkehrswacht, weil es dort eine Plakette für ein verkehrssicheres Fahrrad gibt. Sie fragt voller Übermut in Richtung Hacki: Sollen wir eine Wettfahrt machen? Ja, klar! Hacki rast los und Marie hinterher. Nach kurzer Zeit springt die Kette von dem sowieso klapprigen Fahrrad ab. Marie stürzt und schlägt mit Wucht mitten auf die Straße. Hacki rast weiter und kriegt davon nichts mit. Nach einer langen Weile kommt eine ältere Dame aus einem anliegenden Haus und fragt besorgt, ob Marie Hilfe brauche. Aber die berappelt sich – oh Wunder, legt die Kette wieder auf, steigt mit zitternden Knien auf ihr Rad und fährt… zur Verkehrswacht. Dort bekommt sie leider keine Plakette, sondern eine Ermahnung, dass die Lampe wackelt und die Kette locker ist.

35

Zu den mitgebrachten Lasten des früheren Heimkindes kommen in der Olper Zeit neue Belastungen hinzu.

Das Kind holt in der Nachbarschaft Kartoffelschalen für die Tiere der Pflegeeltern. Ein Familienvater, Herr K., ruft das Kind in den Keller, wo ein Sack mit Schalen schon bereit steht. Unten grabscht ihm der Nachbar an den sprießenden Busen. Nach einer Wiederholung weigert sich das Kind, dort wieder hin zu gehen. Die Pflegemutter wundert sich, fragt aber nicht nach dem Grund.

Die katholisch gundgelegten Nöte des Kindes nehmen hier und auch später weiter ihren Lauf.

Die Pflegeeltern praktizieren ihren Glauben nach vorgegebenen Geboten und Ritualen. Sie wollen, dass das Kind regelmäßig in die Schulmesse geht, gehorsam ist, dass es keine Widerworte gibt, nicht so trotzig ist, wie es manchmal vorkommt, ein »anständiges« Mädchen ist. Die Beichte bleibt eine wiederkehrende Tortour, weil das Kind neben »ich war ungehorsam, ich habe gelogen, ich habe Geld gestohlen«, auch immer wieder beichten muss: »Ich habe Unkeuschheit getan im Tun.« Die Peinlichkeit ist deshalb noch gewachsen, weil dem Kind nun klar ist, dass der Pfarrer genau weiß, wer in den Beichtstuhl gekommen ist. Die Versprechungen an den »lieben Gott« gehen unerreicht weiter und belasten umso mehr, weil sie nicht eingehalten werden können.

Heiligenlegenden sind neben dem Lesebuch der Schule die einzige Lektüre des Kindes. Die Legende von Maria Coretti hat eine nachhaltige Wirkung auf das Kind: Maria Coretti widersteht einem Verführer und wird dann getötet.

36

Mit dreizehn Jahren hat das Noch-Kind Marie eine Bekehrungsvision: Vom Kartoffelfeld aus blickt es auf das Haus einer zugezogenen Familie. Die Frau im Haus hat viele verschiedene Männer. Sie färbt sich die Haare, »takelt« sich auf. Der Sohn dieser Frau grabscht dem 13jährigen Mädchen eines Tages mitten auf der Straße überfallartig an den Busen.

Bei der Arbeit auf dem Kartoffelfeld »hört« das Kind eine Stimme, nach der es den Auftrag bekommt, diese »schlimme« Frau zu bekehren und dabei einen Märtyrertod zu sterben. Seitdem lebt das Kind, das junge Mädchen, in ständiger Angst, weil es den Willen Gottes nicht erfüllt. Es fürchtet sich vor allem, was mit katholisch sein und Gott zu tun hat und auch davor, zur Schul- und Sonntagsmesse die Olper Marien-Kirche zu betreten. Vorne über dem Hauptaltar prangt ein riesengroßes Auge, das Auge Gottes, vor dessen kontrollierender Allgegenwärtigkeit dem achtjährigen Kommunionkind in Overhagen schon angst und bange geworden war.

Reden kann das Kind mit niemandem über seine Not. Das geht erst später als erwachsene Frau.

Zu ihrem dreizehnten Geburtstag bekommt Marie Besuch: Sie darf drei Mitschülerinnen einladen. Es kommen drei Mädchen, mit denen sie in der Schule und auch zu Hause bei Elisabeth Sch. spielt. Die drei bringen ein riesiges Paket mit, in dem unzählige, immer kleiner werdende Paketchen stecken. Diese Auspack-Aktion bleibt bei dem Geburtstagskind haften und auch, dass die Mitschülerinnen nicht lange geblieben sind.

Im gleichen Jahr, 1957, will sich Marie in den »Kartoffelferien« Geld verdienen. Die Pflegeeltern kennen einen Bauern im Nachbarort, der Hilfskräfte zum Kartoffeln auflesen sucht. Nach einem langen Arbeitstag in gebückter Haltung bekommt das Mädchen schließlich als Lohn für diese Mühe fünf DM. Leider darf das Kind diese fünf DM nicht verprassen. Stattdessen fängt Marie an, die Pflegeeltern zu bestehlen.

Einmal wird das Kind von den Pflegeeltern gefragt, ob es lieber eine Puppe oder fünf Mark für ein Sparkonto haben möchte. Natürlich entscheidet Marie sich für die fünf Mark, weil es spürt, welche Antwort die Pflegeeltern erwarten.

Das Kind empfindet die Zeit in Olpe als beschwerte vier Kindheits-Jahre. Es will unbedingt aus dem siebten Schuljahr entlassen werden und fort aus dieser ihm fremd gebliebenen, wieder einsamen Welt. Auf dem Schulentlassungsfoto sind sie zu zweit unter den Achtklässlern. Für jeden ist sichtbar: Diese beiden sind die »sitzen gebliebenen«.

Es soll nicht unerwähnt bleiben, dass die Pflegeeltern alles gaben, was sie hatten und das Kind von Anfang an »an Kindes Statt« angenommen haben. Dies zeigte sich in ihrem Wunsch, die Pflegetochter zu adoptieren. Das ist schließlich 1965 mit der Einwilligung aller Beteiligten mit der Volljährigkeit der jungen Frau geschehen.

DAS JUNGE MÄDCHEN

Jugendjahre ohne Halt
Pflegevorschule Olpe und Krankenhaus Attendorn

Was willst du denn mal werden? Friseuse, Verkäuferin und schließlich: Krankenschwester. Der Vormund ist erfolgreich und bekommt eine Zusage für eine Lehre als Hauswirtschaftsgehilfin in der Pflegevorschule in Olpe. Kost und Logis sind frei plus 10 DM Taschengeld. Nach zwei Jahren kann die Hauswirtschaftsgehilfinnenprüfung abgelegt werden. Es sei schwer gewesen, eine sitzen gebliebene dort unterzubringen, bemerkt der Vormund.

Etwa zwanzig Mädchen werden in einem ersten Durchlauf in der Schwesternschule aufgenommen. Es ist überall sauber und ordentlich. Die meisten Mädchen schlafen in Vierbettzimmern. Es gibt sogar zwei Badewannen, so dass eine Zeit der Körperhygiene für die Schülerin beginnt. Der Tageslauf ist streng geregelt: Zweimal wöchentlich ist Frühmessen-Zwang. An den anderen Tagen ist die Teilnahme an der Messe freiwillig. Marie trägt sich oft zum Wecken für die Frühmesse ein. Vormittags werden alle Mädchen als Reinigungs- und Betreuungskräfte eingesetzt: im Altenheim, in der Wäscherei, der Kapelle, in der Küche und im Waisenhaus. Für das Mädchen Marie ist das Waisenhaus gesperrt. Weil es früher selbst als Insassin dort war. Das wird ihm selbst nicht mitgeteilt. Es wundert sich nur, dass es zu seinem Bedauern häufig oft im Altenheim und – ausgerechnet – in der Kapelle eingeteilt ist. An den Nachmittagen

39

wird von den Nonnen Unterricht in Allgemeinbildung erteilt. Die Schülerinnen sollen einen Aufsatz schreiben über das Thema »Mein Vorbild«. Marie beginnt zunächst ganz edel und schreibt, was sie über Edith Stein weiß. Dann bricht es aber doch aus ihr heraus, wie sehr sie für Freddy Quinn schwärmt und dass sie so sein möchte wie Conny Froboes. Marie kauft sich sogar von ihrem Taschengeld einen lila Petticoat, eine zweite Wahl, weil sie den weißen, schöneren nicht bezahlen kann – was ihr noch sehr lange Leid tut.

Einmal wöchentlich fahren alle Pflegevorschülerinnen nach Attendorn in die Berufsschule. An den Wochenenden wird gemeinsam an den Tischen oder draußen gespielt. Alle vier Wochen gibt es Heimaturlaub, was Marie immer noch zu viel an »Urlaub« ist. Mit der räumlichen Distanz empfindet sie die Atmosphäre »zu Hause« noch bedrückender. Die Besuche sind ohne Freude: Samstags: Ankommen, warten auf den Abend. Sonntags: Kirchgang, Mittag essen, warten auf den Aufbruch. Es liegen Andeutungen in der Luft: Hat die Mutter sich gemeldet? Nimm dich in Acht! Komm bloß nicht mit einem Kind!

Eines Tages steckt ihr der Pflegevater beim Abschied die Zunge in den Mund. So ein großer Ekel in einer kleinen Sekunde! Seit dem bleibt die Pflegetochter bei jedem Wiedersehen auf der Hut.

Die Pflegevorschule wird nach einer anfänglichen Übergangszeit von zwei in Jugendarbeit ausgebildeten jungen Schwestern geleitet. Sie suchen den Kontakt zur meistens introvertierten, ernst und schüchtern wirkenden

Schülerin Marie. Sie finden aber keine Resonanz. Das Mädchen hat keine Sprache für seine innere Welt. Es wird mit seinem stummen, unsicheren Verhalten auch hier schnell Außenseiterin.

Es gibt eine Ausnahme, nämlich Doris. Doris teilt mit Marie und zwei anderen Mädchen das Zimmer. Ein Mädchen kommt eines Abends auf die Idee, sich vor dem Einschlafen abwechselnd den Rücken zu kraulen. Davon kann die Schülerin Marie nicht genug bekommen. Nie zuvor ist sie mal von einem nahe stehenden Menschen so zart angefasst worden. Marie versucht danach mehrmals, die anderen Mädchen wieder zum abendlichen Kraulen zu überreden. Diese reagieren nun abwehrend. Kurze Zeit später muss die Schülerin Marie das Zimmer wechseln und sie kommt in ein Zweibett-Zimmer zu einem Mädchen, dem »es nichts ausmacht«, mit Marie das Zimmer zu teilen.

In das Gefühl der Isolierung und des ständigen Wechsels der Putz-Posten Kapelle und Altersheim platzt die spannende Post der Mutter Irmgard aus einer offensichtlich anderen, aufregenden, schillernden Welt. Die Mutter will die Tochter besuchen, was auch erlaubt wird. Es gibt noch Fotos von diesem Besuch im verschneiten Winter 1958. Die Mutter hat eine »Kollegin« und einen Chauffeur mitgebracht. Das beeindruckt die Tochter. Sie ist davon aber auch unangenehm berührt, zumal sie ihre Mutter nicht kennt und nicht viel von ihr weiß. Es gibt da noch die unterschwellige Ahnung, dass etwas mit ihr »nicht stimmt«, was mit Männern zu tun haben muss.

Vielleicht bemerken die Nonnen eine Veränderung bei ihrer Schülerin Marie, vielleicht wollen sie auch nur beobachten, was nun geschieht, denn sie kontrollieren die Post von Marie, sowohl die hereinkommende als auch die herausgehende. Die Schülerin ist naiv und gutgläubig genug, ihre geschriebene Post in ein dafür vorgesehenes Körbchen im Aufenthaltsraum zu legen. In dem sich nun entspinnenden Briefwechsel mit der Mutter wird über den Gedanken hin und her geschrieben, dass die Mutter mit ihren beiden Töchtern in die DDR auswandern will. Nur dort würde es ihnen erlaubt, beieinander zu sein. Es wird ein Tag festgelegt, an dem die Mutter ihre Töchter abholt: Marie in der Pflegevorschule, Inge im Krankenhaus Hennef-Geistigen.

Doris ist die einzige, die über diesen Plan informiert wird. Sie hat ihrer Freundin Marie versprochen, nichts zu verraten. Welche Bürde das ist, bekommt sie in den Tagen nach dem Ereignis zu spüren.

Die Aktion »Kindesentführung« nimmt ihren Lauf und wird für das Mädchen eine Ansammlung von Enttäuschungen. Der verzweifelte Glaube an eine Mutter, die jetzt endlich da ist und sich kümmert, stellt sich als Seifenblase heraus.

Die erste große Enttäuschung für Marie ist die Tatsache, dass sich die klügere ältere Schwester weigert, mit der Mutter zu fahren. Sie lässt sich gar nicht erst blicken. Die Nonnen in Geistingen können sie »nicht finden«. Die zweite, noch größere Enttäuschung ist die Ankunft in der Wohnung der Mutter in Dortmund. Die Tochter hat entsprechend dem Auftreten der Mutter im Pelzmantel und mit Chauffeur mit Komfort auf allen Ebenen

42

gerechnet. Die Wohnung der Mutter ist dürftig einge-richtet. Schon kurze Zeit nach ihrem Eintreffen klopft es sehr entschlossen an der Wohnungstür – und wieder stehen zwei Polizisten im Rahmen und fragen nach Ma-rie Petry. Dieses Mal ergibt sich das Mädchen wider-standslos in ihr Schicksal. Es wird in ein Heim – wie es heißt – für gefallene Mädchen gesteckt. Von den anderen Mädchen wird es bedeutungsvoll fern gehalten. Von ei-ner Fünfzehnjährigen fühlt sich Marie besonders ange-zogen, die in knapper Kleidung und mit voller Stimme das Haus zusammen singt und jedem erzählt, dass sie Sängerin werden wolle. Wie diese Art Auffanghäuser in Dortmund Anfang der Sechziger Jahre geführt werden, beschreibt Peter Wensierski in seinem Buch: Schläge im Namen des Herrn.

Von der Mutter hört und sieht das Mädchen nichts mehr. Es heißt später, die Mutter habe mit ihren beiden Töchtern in der DDR einen »Familienpuff« aufmachen wollen. Wahrscheinlich wird der Mutter der Kontakt zur Tochter verboten. Stattdessen bekommt Marie einen vorwurfsvollen Brief von ihrem Vormund.

»Mögen die Gebete derer, die dein Gutes wollen...«, so beginnt ein unvergessener Satz dieses Briefes. Es sei wieder einmal schwer, eine neue Ausbildungsstelle zu finden. In die Pflegevorschule könne sie nicht zurück. D a s hätte das Mädchen nicht gedacht.

In Siegen, in der Häutebacherstraße, hat Frau H. ein Kinderheim gefunden, das das eingefangene Mädchen als Lehrling aufnimmt. Der rüde, laute Ton der beiden Heimleiterinnen und die scharfen Arbeitsbedingungen lassen das Mädchen an die Pflegeeltern und an den Vormund SOS-Briefe schreiben und mit nochmaligem Weglaufen drohen. Außerdem wollen die beiden Damen ihren Lehrling nicht in die Berufsschule gehen lassen. Zu diesem Zweck hatte sich Marie ein nettes Kleid angezogen. Darüber gerät eine der Leiterinnen so in Rage, dass sie das ganze Haus zusammenbrüllt.

Die Briefe haben inzwischen das Herz der Pflegeeltern erreicht. Ihre große Tat ist es, dass sie eines Tages mit zwei Koffern anreisen und das Mädchen aus den Krallen der Heimleitung erlösen.

Auch der Vormund setzt sich ein. In der Küche des Krankenhauses in Attendorn kann Marie wirklich das zweite Lehrjahr weiter führen. Der beginnende schulische Erfolg und eine unterstützende Lehrerin, das Fräulein Knust, tragen das Mädchen über dieses harte Lehrjahr hinweg.

Im Krankenhaus Attendorn arbeitet das junge Mädchen hart. Zwölf Stunden tägliche Arbeit in der Krankenhaus-Küche sind keine Seltenheit. Für Mädchenarme viel zu schwer sind die gelieferten Riesen-Milchtöpfe. Die müssen zu zweit in das Kühlhaus getragen werden. Wahrscheinlich hat sich das Mädchen bei diesen Kraftakten die Verkrümmung ihrer Gebärmutter zugezogen.

Die Abschlussprüfung und das Abschlusszeugnis der Lehrjahre sind erfreulich. Einmal wird das Mädchen öffentlich in der Berufsschule von Frau Knust gelobt, weil es in der Biologie-Arbeit zum Thema Nervenbahnen eine Eins bekommen hat. Allerdings gibt es einen Aus-

44

rutscher im Entlassungszeugnis: Kochen: mangelhaft. Die mangelnde Begabung in der Kochkunst hat sich auch später negativ in der Ehezeit ausgewirkt. Da können weder Frau noch Mann kochen.

Im Krankenhaus Attendorn wird Marie eines Tages an die Pforte gerufen. Sie habe Besuch. Wer könnte s i e denn besuchen!? Es gibt niemanden, der ihr einfällt. Im Besuchszimmer steht ihr leiblicher Vater. Er sieht seine Tochter und fällt wie ein Liebhaber über sie her, bedeckt sie mit nassen, leidenschaftlichen Küssen. Weder ihn, noch seinen Überfall hat das Mädchen erwartet. Es rennt hastig und verstört aus dem Zimmer und fühlt sich selbst schuldig an diesem missglückten Zusammentreffen mit ihrem Vater. Die Tochter hatte sich so sehr gewünscht, ihren Vater einmal kennen zu lernen. Sie erinnert sich nur vage an einige wenige Besuche beim Vater in der Kalkhäuschen-Zeit. Bei einem Besuch hat der Vater den beiden Mädchen einen glitzernden Blech-Ring geschenkt und ihn auch über den kleinen Ring-Finger geschoben. Das hat Marie nie vergessen.

Es gibt einen »Brief an den Vater«, den Marie 1988 geschrieben und auch abgeschickt hat. Wahrscheinlich hat aber dieser Brief den Vater nie erreicht. Die Tochter möchte ihrem unbekannten Vater mit diesem Brief ein Denkmal setzen (siehe Anhang).

Sie hat ihren Vater sehr vermisst.

Während die betreuenden Nonnen im Krankenhaus Attendorn mit Gottesdienst-Pflicht und sozialer Kontrolle über die sittliche Entwicklung der Küchen-Mädchen wachen, begibt sich eines abends ein Vorfall, der ein gerichtliches Nachspiel haben wird. Marie ist inzwischen geprüfte Hauswirtschaftsgehilfin und hat mangels weiterer Ideen als Mädchen für alles an die Pforte des Krankenhauses gewechselt. Hier bedient Marie das Telefon und nimmt die Personalien der eingewiesenen Patienten auf. Sie hat inzwischen Stenografie und Maschinenschreiben gelernt. Eines Abends kommt ein Mann um die Dreißig zur ambulanten Aufnahme an die Pforte. Nachdem seine persönlichen Daten aufgenommen sind, fragt er das Mädchen Marie nach seinem Namen. Er kenne seine Mutter. Solle von ihr grüßen. Wie bitte? Ja, er könne mehr erzählen. Heute Abend, um 9.00 Uhr. Obwohl es dem Mädchen verboten ist, verabredet es sich mit diesem fremden, seltsamen Mann. Auf dem Spaziergang um das Krankenhaus herum erzählt er eigentlich nichts, außer: Was die Mutter kann, kann die Tochter schon lange… Da versteht die Tochter dann doch und sie schlägt einen Weg ein, der zum oberen Eingang in das Krankenhausgelände zurückführt. Hier wird sie von einer suchenden Schwester erleichtert in Empfang genommen. Das Demütigende an der Geschichte folgt am nächsten Tag: Das Mädchen muss sich untersuchen lassen. Niemand erklärt, was hier vor sich geht. Es gibt nur knappe Anweisungen wie: Zieh dich aus, setzt dich darauf. Warten bei geschäftigem Hin- und Herlaufen. Dann wird eine unangenehme ärztliche Untersuchung Untenrum vorgenommen. Fertig. Keine weiteren Erläuterungen.

Der Mann wird wegen Nötigung angezeigt. Er war angeblich alkoholisiert. Er bekommt eine Bewährungsstrafe. Sehr wahrscheinlich ein Kunde der Mutter. Das

Mädchen ist in der Gerichtsverhandlung anwesend, wird als glaubwürdig und »unbescholten« deklariert. Bei diesem Wort horcht es auf. Es ahnt: »Unbescholten« sein heißt also, ein Leben neben dem richtigen lebendigen Leben zu führen, eingeklemmt zu sein in enge, katholische Regeln und Verbote, ohne Liebe und Freude am Leben.

Als die sechzehnjährige Marie in dieser Attendorner Krankenhaus-Zeit eines sonntags mit ihrer Pflegemutter die alt gewordene, damals leitende Ordensschwester Heliana im Waisenhaus Olpe besucht, erinnert sich die groß gewordene Marie vor allem mit ihrer Nase an die Gewänder, die die Nonne trägt und an den großen Speiseraum vom Eingang aus unten links. Beides riecht nach Margarine. Auch die Augen erinnern sich an die kleine Holztreppe, die vom Speiseraum aus nach oben in den Aufenthaltsraum führt. Dort oben lief damals das fünf- bis sechsjährige Kind wohl an einem Sonntag, seinem ersten, verlorenen Tag im Heim, mutlos und unentschlossen von einem Ende des Raumes zum anderen, während die anderen es nicht wahrnahmen und ruhig da saßen und spielten. Wahrscheinlich war diese Schwester Heliana liebevoll zu ihren Heim-Kindern. So, wie sie bei dem Besuch des groß gewordenen Mädchens strahlt und sich freut, Marie wieder zu sehen. Das Kind Marie sei helle gewesen, erinnert sie sich.

Leider kommt das Kind als Siebenjährige nicht mehr hierher zurück, sondern in eine von Olpe weit entfernte, trostlose Welt, nach Overhagen bei Lippstadt.

Marienhospital Bonn

Nun ist das Kind kein Kind mehr, sondern ein junges Mädchen, eine Pubertierende, ohne Pubertät.

Gründlich lieb gemacht bleibt es noch Jahrzehnte ein liebes Mädchen. In Bonn ist Marie wieder umgeben von Nonnen. Doris, die Freundin aus der Pflegevorschule in Olpe ist seit einem halben Jahr im Marienhospital in der Krankenpflege-Schule. Sie ist ein Jahr älter als Marie, also schon 18 Jahre alt und hat ihre Ausbildung als Lernschwester begonnen. Die heranwachsende Marie weiß längst nicht mehr, ob sie noch Krankenschwester werden will. Die Erfahrungen im Pfortendienst im Krankenhaus Attendorn haben sie abgeschreckt. Sie sieht dort viele verletzte Bauarbeiter, die nach oft schweren Unfällen auf der Baustelle der Biggetalsperre im Krankenhaus Attendorn eingeliefert werden. Trotzdem lässt Marie sich erzählen, dass für die Zeit der Überbrückung bis zu ihrem 18. Lebensjahr in Bonn eine Stelle an der Pforte frei ist. Da das Mädchen Marie im Pfortendienst Erfahrung hat, passt es gut, schon jetzt nach Bonn in die Nähe der Freundin zu wechseln – und vor allem, sich noch weiter von den lähmenden Pflichtbesuchen bei den Pflegeeltern zu entfernen. Ohne ihren Vormund und ihre Pflegeeltern zu fragen trifft die längst noch nicht volljährige Marie allein die Entscheidung, im Krankenhaus Attendorn zu kündigen und nach Bonn zu ziehen.

Zu ihrer großen Überraschung sehen sich die Freundinnen gerade mal zur Begrüßung. Jede ist in ihrem Umkreis so eingebunden, dass sie nicht über ihren Tellerrand hinaus gucken und sich, so nahe beieinander,

48

verlieren. Sie nutzen auch nicht die Gelegenheit, über ihre Erfahrungen in der Entführungs-Geschichte zu sprechen. Während die Lernschwestern in einem freundlichen Schwesternhaus untergebracht sind, wohnen die einfachen »Mädchen« am anderen Ende im Trakt der inneren Abteilung, unten im Keller. So begegnen sich Doris und Marie auch nicht per Zufall.

Bisher hatte Marie unter latenten psychischen Störungen zu leiden, die sie noch ignorieren konnte. Nun treten handfeste Symptome auf wie Ängste, Erröten, Schluckzwang, brennende Augen, extreme Scheu vor Kontakten. Es beginnt das Drama des ständigen, unverhofften Errötens. Immer und überall wird Marie knallrot, »ohne Grund«. Schon wenn sie auf dem Flur von weitem Schritte hört, läuft sie rot an. Gerade am Arbeitsplatz Pfortendienst, der »Kontaktstelle« des Krankenhauses, sind diese Störungen besonders fehl am Platze. Marie schreibt ihrem Vormund, Frau H., von ihren Sorgen. Diese hat in einem Handbuch gefunden, dass es sich um »Hingabeängste« handeln könne. Und außerdem sei ihr beim letzten Besuch aufgefallen, dass ihr Mündel doch sehr viel Lippenrot aufgelegt hätte.

Marie ist verzweifelt. Sie sucht im Branchenverzeichnis unter der Rubrik Nervenärzte. Dort findet sie einen Arzt in der Nähe: Dr. Braasch. Ob sie einen Freund hätte, fragt er sie. Sie lügt: Ja, klar. Weil sie sich schämt, keinen zu haben. Dr. Braasch hält Maries Kummer für eine Bagatelle und bringt ihr Autogenes Training bei. Bei der Herzübung bekommt das Mädchen Angst und bricht die Behandlung ab.

49

Als nächstes konsultiert Marie einen Augenarzt, Prof. Reiser, in der Hoffnung, dass er ein Mittel gegen »brennende Augen« hat. Prof. Reiser kann keine Augenkrankheit finden, verordnet aber eine leichte Brille, weil die Patientin darauf drängt.

Im Pfortendienst arbeitet auch Sofie. Direkte Vorgesetze von Marie und Sofie ist Schwester W., eine Ordensschwester. Sofie ist »aus gutem Hause«, wie Schwester W. immer wieder betont. Sie wirkt sicher und erfahren an ihrem Platz, der Aufnahme von Patienten. Die Ordensfrau begegnet den beiden angestellten Frauen unterschiedlich. Sofie wird mit Respekt behandelt. Sie hat regelmäßige Arbeitszeiten. Sie wird gelobt und vorgezeigt. Das Mädchen Marie wird bewertet, gegängelt, ausgenutzt mit Abend- und Sonntagsdiensten. Einmal wird sie von Schwester Oberin mit verachtendem Blick abgekanzelt als eine, die »aus der Gosse kommt«. Der Grund für diese Beschämung und Entgleisung: Das Mädchen kommt von Pützchens Markt mit ihrer Freundin Anni erst am anderen Morgen zurück ins Krankenhaus. Die beiden hatten in einem Bonner Hotel, am Bonner Talweg, übernachtet, aus Angst davor, wegen ihres Vergehens: »nach 22 Uhr nach Hause gekommen« zu Schwester Oberin zitiert zu werden. Dafür hatten sie ihr letztes Geld zusammen gesucht. Als sie morgens um sechs ungesehen ins Krankenhaus huschen wollen, ist das Eingangstor noch verschlossen. Sie werden von der Nachtschwester in Empfang genommen…

Gelacht haben die Mädchen auch ausführlich über dieses Abenteuer.

50

Eines Tages ist Anni da, als Praktikantin. Seit dem blüht Marie auf. Marie und Anni sind etwa gleich alt, sie sind gerne zusammen, haben sich viel zu erzählen, gehen nach Ippendorf zum Tanzen, haben Spaß zusammen. Anni bleibt leider nur ein halbes Jahr. Nach ihrem Weggang schreiben sich Marie und Anni seitenlange, intensive Briefe über das, was sie gerade erleben. Schwester W., die die Post verteilt, übergibt diese Briefe mit verachtenden Kommentaren: Das ist doch nicht normal! Schließlich haben sich die Mädchen aus den Augen verloren und sich glücklicher weise dann doch 2006, nach vierundvierzig Jahren wieder gefunden.

Ein zweiter Lichtblick und außerdem wegweisend für Maries weiteres Leben ist der Bote des Hauses, Siegfried. Er wird etwas belächelt und nicht ernst genommen, weil er anders ist: gezeichnet vom Krieg, etwas gehbehindert, taucht er täglich auf mit einem kleinen, braunen Ledertäschchen unter dem Arm, die wenigen noch vorhandenen Haare penibel über die Glatze gelegt, immer in dem gleichen grünlich-grauen Zweiteiler aus leichter Baumwolle. Das junge, aufgeweckte Mädchen entdeckt, dass Siegfried klug ist und viel weiß. Von ihm erhält es die ersten Lektionen in die politische Landschaft der gerade begonnenen sechziger Jahre: Zusammensetzung von Bundesregierung und der Landesregierungen, Ministernamen, Parteienlandschaft, Bundestagswahl. Sehr interessant. Ein großer Schock: Kennedy ist ermordet worden.

Das Mädchen will mehr wissen und meldet sich schließlich an der Volkshochschule an, um die Mittlere Reife zu erwerben. Das wird von Schwester W. mit den

Worten kommentiert: Das hältst du doch nicht durch! Gerade dieser Satz hat das Mädchen immer wieder angespornt und beflügelt, diese anstrengende Zeit durchzuhalten – während der es viermal wöchentlich nach der Arbeit von 18.00 bis 22.00 Uhr die Schulbank drückt – und die so genannte Reifeprüfung zu bestehen.

»Meine Mädchen kommen immer wieder«, sagte Schwester W. hin und wieder voller Stolz. Zu diesen Mädchen will Marie nicht gehören. Sie kommt einmal mit ihrem kleinen Sohn zu einem Krankenbesuch ins Marienhospital. Dabei läuft sie Schwester W. über den Weg. Diese ist ganz ratlos, warum die nun junge Mutter nie zu Besuch gekommen ist. Offensichtlich hat sie ihr zweierlei Maß nie bemerkt. Stattdessen schreibt die Frau und Mutter Marie einen langen, nie abgeschickten Brief an die Schwester, um sich die vielen ertragenen Erniedrigungen von der Seele zu schreiben.

Brief an Schwester W., vom 28.11.1969 (nie abgeschickt)

Sehr geehrte Schwester W.!

… Ich schreibe Ihnen, um all das, was mir inzwischen aufgegangen ist, einmal auszusprechen und um mir dadurch eine Befreiung oder doch eine Erleichterung zu verschaffen. Es ist mir eine Genugtuung, dass ich nicht, wie mir prophezeit wurde – und das nicht zuletzt von Ihnen – »unter die Räder« geraten bin, sondern, wenn man so will, dass noch etwas aus mir geworden ist.

Es war gut und notwendig für mich, aus Ihrem Hause weg zu gehen, wenn dieser Schritt auch mehr intuitiv war als ein Erfassen meiner Lage. Ich widersetzte mich hiermit dem Willen meiner Eltern, die es ja gut meinten, aber keine Ahnung davon hatten, was in mir vorging. Sie wähnten mich in bester Obhut, da für sie Träger von Ordenskleidern und Priesterkragen Vollkommenheit besaßen und bei denen auch beste Voraussetzungen angenommen wurden, Halbwüchsige leiten zu können. Sie waren meine unmittelbare Vorgesetzte und sicher wollten Sie mir mehr sein als das. Aber Sie erwarteten von mir Vertrauen, ohne dass Sie es selbst geben konnten. Als Mädchen aus ungeordneten Familienverhältnissen war ich eingestuft und konnte keine Rückendeckung aufweisen. So wurde mit mir nach Gutdünken verfahren. Sie haben mir einmal aus Verärgerung an den Kopf geworfen, man merke doch, wo ich her käme. Als Mädchen »schlechter« Herkunft hatte ich keine Chance, als »ordentlich« zu gelten, zumindest aber wurde ich äußerst kritisch beurteilt und beobachtet. Es galt nur wer, der ein gutes Zuhause hatte, wer Selbstbewusstsein und Bildung zu bieten hatte. Von meiner Nachfolgerin sagten Sie doch: Die kommt wenigstens aus gutem Hause. Meine Herkunft kann ich nicht ungeschehen machen. Aber ich habe inzwischen gelernt, zu denken. Was andere von der Schule mit bekommen, habe ich mir, schon fast erwachsen, nach und nach angeeignet und darauf bin ich stolz; auch darauf, dass ich die Mittlere Reife in einem dreijährigen Abendkurs mit 16 Stunden pro Woche nachholen konnte. Kaum hätte ich das im Marienhospital erreicht, wo mir jeder Versuch, mich weiter zu bilden, als »Männerfangunternehmen« ausgelegt wurde. Ich meine, man sollte doch den Wunsch eines jungen Mädchens nach Bildung nicht hemmen, sondern fördern. Es war für mich fast unmöglich, neben der allumworbenen Sofie weder etwas zu sein noch etwas zu werden. Sofie konnte alles, durfte alles und machte alles recht. Sofie kam und ging, wie es ihr am besten ausging. Die Höhe ihrer Weihnachtszulage war ein Geheimnis. Ihr wurden bei allen persönlichen Wünschen Zugeständnisse gemacht. Anfangs war ausgemacht, dass wir im Telefon- und Aufnahmedienst wechseln würden, doch es wurde nie wieder darüber gesprochen. Ich begann, Sofie zu imitieren und übernahm ihre höhere Stimmlage und merkte nicht, wie lächerlich das sein musste. Ich kann mich auch nicht erinnern, dass Sie mal aus Ärger mit Sofie nicht mehr gesprochen hätten. Mit mir haben Sie es gemacht, oft eine Woche lang, bis ich dem unerträglichen Zustand ein Ende machte, indem ich Sie beispielsweise nach dem Abendessen vom Dienst ablöste. Dieses Entgegenkommen wurde bald als Selbstverständlichkeit betrachtet. Naiv, dumm und ohne jeden Halt lebte ich im Marienhospital von einem Tag in den anderen. Ich kann niemanden dafür verantwortlich machen, dass ich keinen Menschen hatte, der mir beratend und verständnisvoll hätte unter die Arme greifen können. Ich stelle nur fest, dass mir solch ein Mensch über alles gefehlt hat. Sehr heftig brach dann auch eine Neurose bei mir aus, die sich in Fehlreaktionen wie Erröten und anderem Fehlverhalten wie auch in körperlichen Beschwerden äußerte. Diese unnatürlichen Reaktionen, die mir sehr viel Kummer machten, legten Sie als schlechtes Gewissen oder als Interesse für junge Männer aus, was mich noch unsicherer werden ließ. Zeitweise konnte ich Ihnen – wie

54

anderen – nicht einmal in die Augen sehen, weil mir die Augen oft tränten und kribbelten. Ich suchte damals Dr. Distelmaier und danach Prof. Reiser zu einer Augenuntersuchung auf, weil mich diese Erscheinungen so quälten. Beide Ärzte konnten keine organischen Fehler feststellen. So ging ich dann völlig verzweifelt zu einem Nervenarzt, denn wenn ich auch nicht wusste, was mir fehlte, so merkte ich doch, das etwas mit mir nicht in Ordnung war. Ich erzählte Ihnen damals von diesem Arztbesuch, doch Sie sagten nichts. Sie lächelten nur darüber. Heute noch kuriere ich diese seelischen Störungen aus und fahre einmal wöchentlich in die Nervenklinik. Sie mögen von Psychotherapie nicht viel halten, aber vielleicht ist das der springende Punkt, dass Leib und Seele nicht als Einheit gesehen werden – entgegen allen Erkenntnissen, dass beide Komplexe stark miteinander verwoben sind.

Aus dem natürlichen Wunsch eines jungen Mädchens, auszugehen und einen Freund zu haben, ging ich mit Anni zum Tanzen. Wir wurden zu Schwester Oberin zitiert, weil wir ein paar Mal nach 22 Uhr zurückkamen. Dort wurden wir beschimpft. Ich bekam etwas »vom Mädchen aus der Gosse« zu hören. Das Paradoxe war, dass ich einen Freund suchte und mich gleichzeitig wieder zurückzog, falls sich jemand für mich interessierte, immer die Warnung im Nacken, ein »anständiges Mädchen« zu bleiben. Mir war es gar nicht möglich, einen jungen Mann zu halten, da ich mich von falschen Moralgrundsätzen geleitet, prüde benahm und voller Hemmungen steckte, nicht sehr unterhaltsam und darum recht fade war. Dazu kam das ständige Erröten.

55

Manchmal rieb ich mir die Wangen rot, damit es nicht so auffallen sollte.

Als Anni ins Haus kam, war ich glücklich, mich einer gleichaltrigen anschließen zu können. Doch diese Freundschaft betrachteten Sie misstrauisch, wie Sie auch den – von heute aus gesehen – verrückten und endlosen Briefwechsel nach Annis Weggang als »doch wohl nicht ganz normal« bezeichneten. Erst nachdem ich wieder alleine war, begann ich mit der Raucherei, aus purer Langeweile – und ich habe das Paffen nicht Anni beigebracht, wie Schwester Oberin ihrer Mutter erzählt haben soll. Wenn Sie Tabakgeruch an mir bemerkten, sagten Sie nie etwas, sondern an Ihrem Gesicht war Ihr Unwillen darüber abzulesen – wie auch bei anderen Gelegenheiten. Leider sagten Sie überhaupt nie, was Sie wirklich dachten. So blieb vieles unausgesprochen.

Vielleicht stoßen meine Zeilen bei Ihnen auf Entrüstung. Aber vielleicht kann ich dazu beitragen, dass es anderen Mädchen in ähnlicher Lage dadurch besser geht.

DIE HERANWACHSENDE

Ohne Vorbilder – voller Scham

In der Lebensgeschichte des Kindes und der Heranwachsenden findet sich keine Frauengestalt, die ein gutes Vorbild und Orientierung hätte sein können für die eigene Rolle als Frau.

Frauen, die dem Kind und der Jugendlichen nahe-stehen, sind die Mutter, der Vormund, Nonnen, Pflegemütter.

Die eigene <u>Mutter</u>:

Sie ist zuerst krank, dann selten da, dann überhaupt nicht mehr. Sie hat sich zunächst im Sauerland an die Männer der Umgebung verkauft. Später lebt sie in Hamburg in der bekannten Herbertstraße. Das junge Mädchen bekommt manchmal Post nach Attendorn mit diesem einschlägig-bekannten Absender. Diese Entdeckung löst bei den anderen Küchenmädchen ausführliches und unverhohlenes Gelächter aus. Das Mädchen reagiert naiv und auch verdrängend. Es wird schon in den früheren Jahren um das Kind herum gemunkelt: Was die Mutter wirklich macht, das können wir dir erst sagen, wenn du größer bist.

Es gräbt sich tief in die kindliche Seele ein, das muss etwas ganz Schlimmes sein. Fast lebenslang schämt sich die Frau für ihre »schlimme« Mutter. Mutter und Tochter haben keine Chance, sich näher kennen zu lernen. Es gibt nach dem Besuch der Mutter am Tag der Erstkommunion nur wenige, vereinzelte Begegnungen zwischen Mutter und Kind:

zum Schrecken der Pflegeeltern taucht die Mutter einmal bei ihnen auf und übernachtet auch dort;

aus der Pflegevorschule »entführt« die Mutter ihre Tochter für ein paar Stunden nach Dortmund;

als siebzehnjährige wird die Tochter mit der Mutter indirekt konfrontiert, als sie im Krankenhaus Attendorn einem ihrer Kunden begegnet;

in den achtziger Jahren gibt es eine kurze, angespannte Begegnung zwischen Mutter und Tochter im Siebengebirge;

schließlich begegnen sich die beiden ein Jahr bevor die Mutter stirbt und ein letztes Mal zwei Tage vor ihrem Tod.

Der Vormund:

Zuerst ist ein Fräulein K. zuständig. Sie tritt von ihrem Amt zurück. Ihre Nachfolgerin, Frau H., ist Fürsorgerin für den Kreis Olpe. Bemüht. Interessiert. Katholisch. Sehr katholisch. Kriegerwitwe. Gebildet. Reisefreudig. Leider spricht sie mit ihrem Mündel nicht über seine schweren Wege hin und her.

Der Vormund hat sich viele Jahre um sein Mündel gekümmert und auch später am weiteren Lebensweg des Mündels Interesse gezeigt. Es gibt viele Briefe hin und her, in denen es vor allem um die Äußerlichkeiten der jungen Familie geht: Um die Entwicklung der Kinder, um die Geldsorgen der Kleinfamilie, um das Studium des Ehemannes, um die Berufstätigkeit von Marie. Wenn sich die Frau heute ihre Briefe als junge Mutter an Frau H. durchliest, kennt sie die schreibende Frau nicht wirklich. In den buntesten Farben werden selbst die größten Schwierigkeiten geschönt im Feuilleton-Stil geschildert. Als die junge Frau und Mutter ihre Familie verlässt, und dies ihrem früheren Vormund mitteilt, bekommt sie keine Antwort mehr. Ein Jahrzehnt später sehen sich die beiden bei einem Fest der Schwester Inge wieder. Auf die Frage des früheren Mündels, warum sie von Frau H. nichts mehr gehört habe, bekommt sie eine unerwartet ehrliche Antwort: Sie (Frau H.) habe nicht gewusst, was sie hätte antworten können.

Die <u>Nonnen</u>:

Bei ihnen verbringt das Kind und das junge Mädchen die meiste Zeit. Nonnen sind schon bei der Geburt im Krankenhaus Körbecke da. Sehr wahrscheinlich war die Nonne in der Geburtenabteilung – wie auch die Schwester im Waisenhaus Olpe – freundlich und ihren Neugeborenen zugewandt. Der katholisch notgetaufte Säugling bleibt für viele Wochen im Krankenhaus, weil die Mutter schwer krank ist. Nonnen sind im ersten Heim in Silberg, Nonnen im Waisenhaus Olpe, Nonnen im Waisenhaus Overhagen, Nonnen in der Pflegevorschule in Olpe, Nonnen im Krankenhaus Attendorn, Nonnen im Marienhospital Bonn.

Sie verhalten sich wie Menschen und machen aus Unwissenheit oder »menschlichen Versagen« schlimme Fehler. Sie strafen, verbieten, beleidigen, stellen bloß, sind hart, vielleicht selber hilfebedürftig. Ihre erzieherische

Wirkung ist an manchen Orten verheerend, fast vernichtend.

Die erste Pflegemutter:
Sie hinterlässt kein Gesicht, sondern einzelne Episoden.

Sie fordert das gerade angekommene neunjährige Kind im Beisein des neuen Pflegevaters auf, sich nackt auszuziehen und in den mitten ins Zimmer gestellten Zink-Bottich zu steigen. Voller Scham muss sich das Kind diesem Zwang beugen und sich waschen lassen. Es wird darüber gelacht, dass es sich schämt.

Beim Mittagessen wird das Kind gezwungen, eine Bratwurst aufzuessen, vor der es sich ekelt. Kurz darauf läuft das Kind aufs Klo, um sich zu erbrechen. »Das hast du extra getan«, sagt darauf die Pflegemutter. Das Kind beschäftigt der Gedanke, ob das überhaupt möglich ist.

Eines Abends kommt die Pflegemutter in das Zimmer des Kindes gestürzt, sucht nach dessen Unterhöschen, kontrolliert diese und wirft das beschmutzte Teil dem Kind ins Gesicht mit der Bemerkung: Du hast mich belogen! Sie hatte Recht. Auf dem Klo war kein Klopapier mehr und das Kind, nach seinem Klogang befragt, ob es sich »abgeputzt« hätte, lügt und sagt JA. Die Pflegemutter rauscht zornig wieder heraus und lässt ein beschämtes Kind zurück.

Die <u>zweite Pflegemutter</u>:

Sie wirkt älter, als sie wirklich ist, mit dem kleinen Dutt im Nacken und nach vorn gebeugter Haltung. Sie arbeitet von morgens bis abends und kümmert sich unermüdlich um Haus und Garten, wendet Heu, setzt und erntet Kartoffeln, hütet Schafe und Ziegen.

Mit einem belasteten, traumatisierten Pflegekind wird sie nicht gerechnet haben. Eigene Kinder hat sie nicht bekommen, obwohl sie sich sehr danach gesehnt hat. Sie gibt, was sie hat. Sie versorgt das Pflegekind und ist besorgt, dass ihm auch nichts passiert. Sie will, dass das Kind artig ist und fromm. Auf alles, was ihr unangenehm ist, sagt sie: »O Herre« oder einfach nur »Jojo«: z.B. als das Kind endlich die Periode bekommt oder als ihr das Kind erzählt, dass sie von dem Nachbarn, Herrn K., ekelig angefasst wurde, oder wenn sie Angst bekam, dass sich die leibliche Mutter melden könnte. Bei Gewitter betet sie mit dem Kind angstvoll den Rosenkranz. Die Sonntage sind Ruhetage. Nach der Messe und dem sonntäglichen Mittagessen werden Besuche gemacht bei den Verwandten in Altenkleusheim. Dort leben die vielen Geschwister der Pflegemutter. Für das Kind ist es »normal«, dass sich das Zusammenleben auf Äußerlichkeiten beschränkt wie satt werden, zur Schule und in die Kirche gehen, das Heu wenden, Kartoffelschalen holen, den »Rosenkranz« (ein katholisches Blättchen) austragen, Verwandte besuchen. Mit seinen Gedanken, Bedürfnissen, Gefühlen, vor allem mit seiner Sehnsucht nach »zu Hause«, seiner ständigen Angst im »Bekehrungs-Geheimnis« und mit seiner Scham über den sich verändernden Körper bleibt das Kind allein.

Auf diese Weise unzureichend und unglücklich ausgestattet, betritt die heranwachsende Marie als lieb gemachtes Mädchen ihr Leben als »erwachsene« Frau.

Marie ist 18 Jahre alt, da bekommt sie ihren ersten Kuss. Sie bekommt ihn, denn sie will ihn nicht. Sie erschrickt und schämt sich über den Satz: Du kannst ja gar nicht küssen. Kurz darauf macht sie »Schluss«, denn sie weiß nicht, wie so etwas geht, mit einem Jungen »zu gehen«. Später weiß die Frau, dass sie diesen jungen, sympathischen Verehrer gerne kennen gelernt und sich ihm vorsichtig genähert hätte.

Ihren Ehemann lernt die »Frau ohne Vorbilder« beim Wirtschaftsrat der CDU kennen. Hier arbeitet sie nach ihrer Zeit im Marienhospital als Schreibkraft. H. taucht ab und zu als studentische Hilfskraft auf. Die Schreibkraft und der Student verabreden sich in die damalige »Kutscherkneipe« am Rhein zum Essen. Da die Schreibkraft in ein privates Büro wechselt, verlieren sich die beiden aus den Augen. Kurze Zeit später treffen sie sich »zufällig« wieder. Sie bleiben zusammen. Sie bekommen ein Kind. Sie heiraten. Sie haben keine Chance. Nicht zu diesem Zeitpunkt. Sie kennen und lieben sich selbst nicht (siehe: Eva-Maria Zurhorst: Liebe dich selbst – und es ist egal, wen du heiratest).

Inge und Marie in Meggen/Sauerland mit Mutter Irmgard, 1948

Inge und Marie mit »Tanten« in Ernestus bei Halberbracht, 1948

1949 in Ernestus auf dem Ochsen von Nachbar P.
oben: Marie, Inge, Bruder
vorne: Ulla, die Freundin von Inge

Marie im Waisenhaus Overhagen, 1953
Es wurde ein Fotograf bemüht, um ein »Bewerbungsfoto« für
Pflegeeltern zu machen.

auf der Straße zwischen Welschen-Ennest und Rahrbach:
Friedhelm, der Sohn der Pflegeeltern, Marie, die nicht
fotografiert werden will, ein Nachbarjunge, 1953

Marie als »Führengelchen« der Kommunikationkinder mit den zweiten Pflegeeltern, 1954

Mutter und Tochter vor der Pflegeschule Olpe, Winter 1958

auch: Winter 1958

Die junge Mutter, 1968 mit Sohn ...

... und Tochter, 1972

DIE FRAU

Ehefrau und Ehemann ohne Chance

Zwei Monate nach der Hochzeit sind Mann und Frau bereits Eltern von einem hinreißenden, gesunden, fröhlichen Sohn. Kurz vorher haben Vater, Mutter, Kind durch die Vermittlung von Pater S. eine kleine Wohnung im Bonner Norden bezogen. Die Mutter ist voll berufstätig. Der Vater studiert und kümmert sich hauptsächlich um den kleinen Sohn. Im Zusammenleben der Eltern dreht sich alles um das äußerliche Fuß fassen. Mit viel Hilfe von außen – vor allem durch die Olper Pflegeeltern und katholisch-kirchlichen Menschen in Bonn, später auch vom Vater des Ehemannes – konzentrieren sich die Energien der Eheleute neben Berufstätigkeit und Studium darauf, das nötigste für einen haushaltlichen Grundstock zu erwerben, eine »funktionierende« Familie zu werden und gute Eltern zu sein.

Mann und Frau wissen fast nichts voneinander. Sie lernen sich auch später nicht richtig kennen. Ihren gegenseitigen faktenmäßigen Lebenslauf kennen sie nur auszugsweise. Beide haben katholische Indoktrination erfahren. Sie haben keine Vorstellung davon, dass sie nicht nur zu zweit ihre Ehe führen, sondern die Personen ihrer primären Sozialisation mit im Gepäck haben: ER seine Eltern und Geschwister, seine Kindheits- und Jugendjahre; SIE ihre leibliche Mutter, ihre Pflegeeltern, die zahlreichen Nonnen ihrer Kinder- und Jugendzeit. Sie wissen auch nichts darüber, dass belastende, traumatisierende Erfahrungen in ihrem bisherigen Leben eine

Auswirkung auf ihre Partnersuche und ihr Zusammenleben haben.

Es stellt sich schon in den ersten Ehejahren heraus, dass die Frau als emotional Bedürftige Ängste und körperliche Symptome zeigt. Diese führen sie in die an anderer Stelle beschriebenen zahlreichen Therapie-Versuche.

Einsam zu zweit – abseits zu viert

Die mehrjährige Berufstätigkeit der Mutter in den ersten Ehe- und Kinderjahren und das Gespür der Kinder, dass sie vor allem bei ihrem Vater offene Arme und Geborgenheit finden, führen in der Familiendynamik zu einer Verschiebung des Gleichgewichts. Die Frau erkennt, dass Vater und Kinder eng verbunden sind und sie im Familienverband außen steht. Es sind keine weiteren Bezugspersonen für die Kinder oder auch für Mann und Frau in der Nähe. Die Großeltern beiderseits sind räumlich und auch emotional weit weg. Wahre Freundschaften gelingen nicht.

Die Ehefrau hat freundliche Außenkontakte durch ihre Arbeit, später durch ihre Abendkurse und ihr Studium. Für ihre persönliche Situation hat sie lange Zeit keine Worte und auch keine Ansprechpartner. Durch den Umzug in ein kinderreiches Haus gibt es über die Kinder nachbarschaftliche Kontakte und eine Spielwiese mit Klettergerüst vor dem Haus, die lockere Begegnungen möglich macht.

Vor persönlichen, verbindenden Kontakten und Begegnungen hat die Frau Angst. Sie spielt aus der lockeren Distanz die Rolle einer heiteren, problemlosen Person. Niemand darf wissen, wer sie wirklich ist: eine tief verunsicherte, ängstliche, unglückliche Frau. Sie verdrängt ihre Lebensängste, bis es nicht mehr geht.

Sie fühlt sich über lange Monate sterbenskrank und hat Angst, wahnsinnig zu werden. Sie leidet verstärkt unter psychosomatischen Symptomen. Wenn es an der Tür

74

schellt, schießt ihr aus Angst vor Kontakt das Blut ins Gesicht. Sie fürchtet sich vor unheilbaren Krankheiten. Zweimal kommt sie wegen unklarer starker Blutungen ins Krankenhaus. Oft hört sie beim Arzt als Diagnose für ihre Leiden: »vegetative Dystonie«.

Während dieser Zeit hat die Ehefrau einmal in einer Art Reflexverhalten in einer akuten verzweifelten Situation bei einer Nachbarin geklingelt. Mitten in deren Flur bricht sie in eruptives Weinen aus. Die Nachbarin schiebt sie wieder aus der Tür mit der Bemerkung: Es ist immer mal was und es renkt sich auch wieder ein. Die Nachbarin ist mit diesem unerwarteten Auftritt überfordert und hat sich innerlich und äußerlich abgewandt.

Später wird die Frau gefragt, ob sie als junge Mutter Hilfe gebraucht hätte. Ja und wie. Kompetente Hilfe. Unter Einbeziehung des Familiensystems.

Ich brauche Hilfe! Dieser Satz musste erst noch gelernt werden. Später lernt die Frau die Falle kennen, in der sie emotional steckt und die nun zugeschnappt ist: Es wird nie aufhören, dieses Gefühl, eine unfähige, überforderte, angstvolle, labile, seelisch kranke – wenn auch nach außen fröhliche – Frau und Mutter zu sein, was sich so anfühlt wie die Hoffnungslosigkeit und das Ausgeliefertsein damals in den Heimen, aus denen es keine »Rettung« gab. Am Ende ihrer Anstrengungen, nach außen als »normal« zu erscheinen, kann sie ihre neurotischen Störungen nicht mehr überspielen. Die verzweifelte Frau hat keine Wahl und flüchtet in eine einsame, unsichere Zukunft.

Sie wiederholt ihr eigenes Schicksal.
Sie verlässt ihre Familie.
Sie weiß, dass sie damit ihre Kinder verliert.
Sie spürt immer noch Schmerzen und Trauer darüber.
Sie hat sich nach vielen Jahren vergeben können.

Die junge Mutter

Dieses Kapitel ist immer noch das Schwerste. Es ist ein Kapitel, das die Frau lebenslang zu bewältigen sucht.

Zuerst verdrängt sie mehrere Jahre lang ihre Realität.

Dann ist sie lange hart gegen sich selbst: Dass sie d a s getan hat: Ihre Kinder im Stich gelassen!

Danach kann die Trauer einsetzen, die nie vergehen wird: über das Leid ihrer Kinder, über ihr Unvermögen, über ihren Verlust. Es tröstet sie ihre Liebe und ihre innere Verbundenheit mit ihrem Sohn und ihrer Tochter.

Die gereifte Frau will nichts beschönigen.

Sie will nichts rechtfertigen.

Sie weiß, dass sie das gab, was sie hatte.

Sie weiß, dass das für ihre Kinder nicht genug war.

Sie weiß, dass ihre ureigensten Instinkte weg gemacht worden sind.

Sie weiß, dass ihre Kinder darunter gelitten haben.

Sie weiß um die Kraft ihrer Liebe, die immer da ist.

Als der jungen Mutter klar wird, dass sie Mutter wird, steht sie kurz vor dem Abschluss der Reifeprüfung an der Abendrealschule. Im März 1968 besteht sie die Prüfung. Im Mai 1968 wird ihr Sohn in einer kleinen Klinik am Rhein in Bonn Bad Godesberg geboren. Die Mutter ist stolz und glücklich und findet, dass sie das schönste und wunderbarste Baby der Welt hat. Die Briefe, die sie in dieser Zeit schreibt, erzählen davon.

Dreieinhalb Jahre später, im September 1971, kommt die Tochter im Elisabeth-Krankenhaus in Bonn zur Welt. Die Mutter ist glücklich darüber, dass sie für dieses zweite Kind von Anfang an ganz da sein und ihm nah sein kann. Sie hat aufgehört zu arbeiten. Sie ist Mutter von zwei wunderbaren, gesunden Menschenkindern.

Sie hat sich über die kindlichen Bedürfnisse nach Nahrung, Versorgung, ärztlicher Vorsorge und kognitiver Anregung ausführlich informiert. Als das erste Kind nach einer Woche hustet, laufen die Eltern beunruhigt zum Kinderarzt. Informationen über psychisches Befinden, Entwicklungspsychologie und erzieherische Interaktionen brauchen Zeit und müssen verinnerlicht werden. Dieser Prozess läuft nicht synchron mit der dramatischen Entwicklung in der Familie.

Im Verlauf ihrer zweiten Schwangerschaft liest die werdende Mutter ein Buch von Horst Eberhard Richter mit dem Titel: ELTERN, KIND UND NEUROSE. Diese Lektüre rüttelt die Frau auf. Sie wird ein Schlüsselerlebnis und begleitet sie insofern in ihrem Leben grundlegend, weil ein psychologisches Interesse erwacht ist, das sie nicht mehr loslässt. Die Lektüre des Buches stürzt die Mutter zunächst jedoch in eine große Krise. Sie versteht zwar nicht alles, was da geschrieben steht, ihr wird aber klar, dass es einen Zusammenhang gibt zwischen den eigenen kindlichen Erfahrungen und dem Vermögen, als spätere Eltern den eigenen Kindern gute Eltern zu sein.

Die junge Mutter glaubt trotzdem lange von sich, dass sie eine »gute Mutter« ist. Sie liebt ihre Kinder. Sie tut,

78

was sie kann und gibt, was sie hat. Als die Kinder klein sind, scheint alles einfach. Doch die Mutter spürt zunehmend, dass sie in vielen Situationen im Umgang mit ihren Kindern blockiert ist.

So entwickelt sich zunächst unmerklich eine Schieflage in der Beziehung zu ihren Kindern. Die Frau und Mutter muss zu ihrem Schmerz erkennen, dass sie auch hier, in ihrer Familie, eine Außenseiterin geworden ist.

Schließlich führt die dramatische Entwicklung in der familiären Gruppendynamik dazu, dass sie ihren Mann und ihre Kinder verlässt.

Heute kennt sie die Hinter-Gründe.

Eine Spur zu ihren Kindern sind viele Jahre ihre Träume. Die Frau träumt intensiv von ihrer Liebe, ihrem Verlust, ihrem Versagen, ihrer Schuld.

Träume um die Kinder

(Aus Gründen des Sprachflusses sind die folgenden Träume in der Ich-Form geschrieben.)

1988:
  Trage Betty als kleines Kind auf dem Arm und weine ganz erschüttert dabei. Sie macht sich nichts aus mir und will immer wieder weg. Wir stehen in der Küche im Hochhaus. Den Rest der Wohnung kenne ich nicht. *(Als ich aufwache, muss ich wirklich weinen.)*

Dani und Betty fahren in einer Riesen-Karosse durchs »Volk«, das ihnen interessiert zusieht. Ich bin auch da, etwas abseits. Wage nur einen kurzen Blick in die Limousine. Sehe vorne Betty mit einem Baby auf dem Schoß. Hinten sitzen wohl Dani und G., auch mit einem kleinen Kind. Denke, dass das sehr gefährlich ist mit den kleinen Kindern im Auto. Dann fällt mir ein, dass die Karosse ja ganz langsam fährt. Sehe später Dani und Betty einzeln. Dani ist groß und spricht freundlich-distanziert mit mir. Betty ist noch ganz klein. Sie will gerade in eine Kirche gehen und nichts von mir wissen. Ich weine fast und will ihr die Hand küssen. Sie sieht nur gekränkt auf den Boden.

Alle vier der Kleinfamilie stehen auf einer Autobahn. Wir wollen sie überqueren, was unmöglich erscheint, weil ständig Autos vorbei rasen. Trage Betty auf dem Arm. Dani und G. gehen voraus. Ich schreie Dani an, er solle seinem Vater die Hand geben, was er auch sofort macht. Bei Betty entdecke ich vom Mittelfuß bis zur Beinmitte und auch quer über die Wangen blaue, kalte, wie erfroren aussehende Stellen. Mir wird klar, dass sie in Lebensgefahr ist und Hilfe braucht. Wir stehen weiter auf der gefährlichen Autobahn.

Etwas später eine Fortsetzung:

Ich suche Betty. Sie ist größer geworden und alleine weg gelaufen. Dani ist auch da, ganz verschlossen, dieses Mal kleiner als seine Schwester. Ich rede mit einer Frau, die offenbar Betty gut kennt. Als sie hört, was passiert ist, lässt sie alles liegen und stehen, rast die Treppe herunter und läuft zielbewusst los, um Betty zu finden. Ich habe mich auch nach draußen begeben und suche auf einem (düsteren) Waldweg weiter.

1989

Betty als zwei- bis dreijährige. Es ist Krieg. Wir sind auf der Flucht. In einem großen Raum bekommen wir einen Schlafplatz.

Sitze mit dem Vater der Kinder ganz friedlich nebeneinander und rede mit ihm…

Besuche schon am Morgen Dani, weil ich später zur Schule muss. Dani öffnet mir die Tür im Bademantel. Über seine »Eingangshalle« komme ich nicht hinaus, weil hier draußen schon totale Hektik herrscht. Ich fange an, den großen Teppich in der Halle zusammen zu rollen, während laufend verschiedene »mittelalterliche« Frauen etwas von Dani wissen wollen. Dani bleibt gelassen und zieht sich nach einer Weile in seine Wohnung zurück, weil er telefonieren müsse. Ich frage mich, ob ich noch pünktlich zur Schule komme. Mit dem Teppich habe ich mich offensichtlich übernommen. *(Da liegt zu viel »unter dem Teppich«.)* Während ich in Danis Haus bin, weiß ich plötzlich, dass Betty noch schläft *(unerreichbar ist).*

Dani ist erwachsen und sitzt gelassen auf einem Stuhl. Er wirkt auf mich wie eine Mischung er selbst und ein Anteil sein Vater. Es ist o.k. für mich. Lege meinen rechten Arm um ihn und fühle mich einfach nur glücklich. Da kommt Betty vorbei, drei- bis vierjährig. Sie trägt ein Tablett mit Essenssachen und bringt sie in die Küche. Als ich sie sehe, geht mir mein Herz auf und voller Liebe will ich sie in die Arme nehmen. Aber sie geht an mir vorüber. Ich sehe, dass ihre Haut im Gesicht krank ist und ihre Haare zerfranst herunter hängen. Als sie zurückkommt, sehe ich mehrere Schnittverletzungen am Oberarm. Niemand sonst scheint das zu sehen. Ganz ruhig und bestimmt geht Betty wieder in die Wohnung zurück. *(Tränen nach diesem Traum.)*

Besuche Betty. Sie spielt in einem länglichen, großen Raum mit Klötzen. Vater und Bruder sind auch da. Ich darf nahe an sie heran kommen. Sie ist noch klein. Mir wird von Nonnen ein Schatzkästlein gezeigt. Darin sind sehr schön verzierte Stoff- und Papiermäppchen. Ich habe auch einige davon gemacht. Denke im Traum, dass sich Betty später, wenn ich schon Oma oder tot bin, darüber freuen wird, sie zu besitzen.

Ich sitze mit Dani in einem Boot. Plötzlich sinkt das Wasser weg. Das Boot springt in die Luft und klatscht dann wieder auf dem Wasser auf. Ich sitze noch im Boot, während Dani versinkt. Ich schreie entsetzt in Danis Richtung, dass er sich vom Boden abstoßen soll. Dann kommen tatsächlich seine Hände an die Oberfläche, die ich ergreife. Ich kann Dani ins Boot heben. Er ist kleiner und leichter als vor dem Unglück. Ich nehme ihn in den Arm. Sage, dass wir ein Handtuch brauchen, das schon jemand holt.

Auf einer Bank sitzt ein Mann mit Brille. Er erzählt von Betty. Ich habe den Eindruck, dass er sie sehr gut kennt. Er habe auch geweint wegen ihr. Ich vertraue ihm. Dann gehe ich in einen Raum, in dem viele Leute sitzen. In einer Ecke sitzt Betty. Eine Frau sitzt neben ihr und tröstet sie. Ich denke: Betty ist noch jung. Vielleicht hat sie die Chance, »heil« zu werden, wenn sie jetzt liebevolle Menschen um sich hat. Dann bemerke ich, dass ihr Gesicht älter und älter wird und schließlich meine Mutter daraus geworden ist. Mutter Irmgard sagt, dass s i e ihr ganzes Leben lang niemanden hatte, der sich um sie gekümmert habe. Dass es wirklich meine Mutter ist, sehe ich daran, dass die Frau hinkt, als sie aufstehen will. (»Gekümmert« hat sich auch um die kleine Marie niemand und Betty hat auch viel Liebe vermissen müssen. Der Kreis schließt sich.)

Betty hat Pflegeeltern, die sehr gut zu ihr sind und sie vor mir beschützen. Diese Leute haben einen großen Hof. Der Mann spricht freundlich mit mir, aber er lässt mich

83

nicht zu Betty. Es sind »schlechte Zeiten« – Krieg oder Nachkriegszeit. Betty ist etwas jünger als heute.

Betty als Säugling. Wir sind in einem großen Schwimmbad und Betty schwimmt wie ein Fisch. Auf einmal habe ich sie verloren. Ende. Unglück.

Es ist große Hektik in einem verwinkelten Haus. Betty ist ein kleines Kind von vier oder fünf Jahren. G. und Dani sind auch da und laufen hin und her. Betty ist in meinem Arm. Sie schläft und ist nass geschwitzt, vor allem an den Haaren. Streife mit den Händen durch die nassen Haare und sage ganz verzweifelt in Gs. Richtung, ich müsse Betty unbedingt wenigstens einmal in der Woche sehen.

1990

Zeige auf ein Foto, auf dem mehrere Menschen sind, unter ihnen Dani im pubertären Alter. Ich bin auch dabei. Alle Personen sind verschwommen und kaum zu erkennen. Aber ich erkläre jemanden, dass Dani und ich auf dem Foto sind. Auch andere Fotos mit uns beiden sind immer nur verschwommen. Weil »andere« die Bilder gemacht haben. Dann sitze ich plötzlich neben dem Kleinkind Dani, streichle seine Wange, auf der Tränen kullern – und wir weinen zusammen um unser verlorenes Glück.

Bin bei Dani zu Besuch. Gucke mir seine Wohnung an, die neu bezogen ist. Als Dani auf einer Treppenstufe hockt, die mitten im Raum ist, setze mich neben ihn und lehne mich mit meinem Kopf an ihn an. Er lässt es zu.

Besuche Betty in einem Heim. Der Raum ist groß und hat eine längliche Form. Es sind viele Kinder da und auch viele Erwachsene. Betty ist etwa zwei Jahre alt. Ich will sie immer wieder an mich drücken, weil ich eine schmerzliche Liebe für sie spüre, aber sie ist zurück haltend und entzieht sich.

Kein Traum: Freue mich immer noch über Danis Besuch gestern. Er spricht über sich und wir sind offen füreinander.

1996

Dani, Betty, Reiner und ich – wir sind eine Familie Wir wohnen in einer verkehrsreichen, lauten Gegend. Habe Betty auf dem Arm. Sie will über die Straße laufen. Ich schnappe sie mir und sage ihr liebevoll und bestimmt, dass es hier gefährlich ist und ich sie beschütze. Sprechen kann sie noch nicht. Dani ist etwa elf Jahre alt und »geht seiner Wege«. Betrachte ihn wehmütig, wie er so alleine und zielstrebig (?) daher geht und denke, er soll nun »einen Schuss« tun und wachsen, damit er sicher ist in dieser Welt.

(Als ich aufwache, bin ich tief traurig.)

Arbeite in einem großen Büro-Raum und rede mit den um mich herum sitzenden Frauen. Dabei sehe ich beiläufig durch ein mit großen Plakaten fast verdecktes Fenster nach unten auf die Straße. Ich sehe gerade noch, dass

Betty und G. in einem schnittigen Auto vorbei fahren. Schreie: Da ist Betty vorbei gefahren! Rege mich darüber auf, dass das Fenster so verhangen ist. Später sehe ich, dass die Plakate nun von der linken auf die rechte Fensterfront umgeklebt worden sind.

2000
Betty ist in akuter Lebensgefahr. Sie droht in gefährlichen Klippen zu ertrinken. *(Ähnlich wie im Traum um Dani vor einigen Jahren.)* Ich sehe sie von oben aus. Ehe ich eine rettende Idee habe und während Betty ums Überleben kämpft, steigt das Wasser von selbst immer höher. Es gelingt mir dadurch, Betty zu retten und sie zu beruhigen. Nach diesem Unglück läuft sie gleich wieder herum, als wäre nichts gewesen.

Bin mit Betty in Gefahr und auf der Flucht. Sie ist noch sehr klein. Wir müssen über ein riesiges Tor klettern, das auf einer Straße aufgebaut ist. Es ist zu hoch und oben ragen Spitzen heraus. Im Gitter ist eine kleine Öffnung, durch die ich Betty den Gegenüberstehenden *(wer ist das?)* in die Arme reichen kann. Als ich mir das Tor genauer ansehe, muss ich feststellen, dass i c h nicht »durchkomme«.

Betty, Vater, Mutter sind in einer Eingangshalle. Betty ist etwa ein eineinhalb bis zwei Jahre alt. Sie läuft herum und guckt sich um. Sie hat kurze Haare und sieht genauso aus wie damals. Ich stehe da und sehe ihr zu, während ihr Vater in unsere Nähe kommt. Betty sieht zu mir, wartet etwas ab und kommt dann auf mich zu. Nehme sie in den Arm und bin voller Liebe für sie, vergesse mein Ringsum. Betty schmiegt sich an mich und für eine Weile sind nur wir beide auf der Welt. Als sie wieder herum läuft, betrachte ich sie verwundert. Ich rechne und denke: Sie müsste wie meine Drittklässler acht oder neun Jahre alt sein. Mir wird bewusst, dass Betty offensichtlich nicht mehr gewachsen ist. Mir wird auch klar, dass ich mit niemanden darüber sprechen kann.

Bin zu Besuch in Olpe, im alten Häuschen. Gehe durch die kleinen Räume. Warte auf die Pflegemutter. Höre draußen Betty rufen. Sie ist erwachsen. Antworte durch die verschlossenen Fenster, was Betty kaum hören kann. Sie hat ein Kind, ein Mädchen, von etwa zweieinhalb Jahren.

Ortswechsel:

Liege neben Betty auf einer Liege und habe meine linke Hand um sie gelegt. In unserer Nähe spielt ihre kleine Tochter mit ihrem Vater das Spiel, zu ihm hinlaufen und schnell wieder weglaufen, bevor er sie fangen kann. Manchmal kommt die Kleine auch zu ihrer Mama gelaufen. Ich beobachte die hinreißende, schwarzhaarige, quirlige Tochter, die halb im Spaß, halb im Ernst, weg läuft und sich wieder fangen lassen will. Sage Betty, dass s i e früher dieses Spiel auch mit mir gespielt hat. Darüber müssen wir beide weinen. Wundere mich im Traum, dass Betty bei mir bleibt.

2002

Bin mit Dani in einem schönen, großen, hellen, mehreckigen Raum, den ich nicht kenne. Dani sitzt an einem

Tisch und ist in sich gekehrt. Ich gehe abwartend herum und staune darüber, dass ständig fremde Menschen von der großen linken Terrassentür den Raum betreten, ihn durchqueren und ihn durch die gegenüber liegende Tür wieder verlassen. Dani und mich nehmen sie dabei nicht zur Kenntnis – so, als wären wir gar nicht da. Als mir die seltsamen Störungen zu viel werden, gehe ich zu der linken Außentür und ziehe sie zu. Gehe dann in Richtung Dani. Nun sehe ich, dass es noch eine mittlere, dritte Tür gibt, durch die auch fremde Menschen hintereinander den Raum betreten und ihn wieder durch die rechte Tür verlassen. *(Hier wird klar, dass Mutter und Sohn Zeit und Ruhe brauchen für ein ehrliches, offenes Gespräch. Diese Situation ist noch nicht gegeben.)*

2003

Bin mit dem Zug unterwegs. Das Ziel ist noch unklar. Als ich an einem Bahnhof aussteige, gehören plötzlich zwei Kinder zu mir, ein Mädchen und ein Junge, etwa sieben und fünf Jahre alt. Sie nehmen mich an die Hand und wir gehen zielstrebig in eine Richtung, in der es hell ist. Dort hinten müssen wir rechts abbiegen.

Das Bild mit den beiden Kindern wiederholt sich noch einmal im Traum. Beim zweiten Mal ist der Weg klar. *(Ein schönes, hoffnungsvolles Gefühl nach dem Aufwachen.)*

2006

Dani ist im Grundschulalter und Betty ein junges Mädchen. Ich begleite beide auf dem Weg in die Schule. Dani muss einen Hang hinauf in den Nachbarort. Er

88

erzählt voller Freude und beschwingt von sich, kauft sich an einem Stand etwas zu essen, höre ihm entspannt und interessiert zu.

Im zweiten Bild gehe ich mit Betty durch einen Ort, der auch ansteigend angelegt ist. Betty trägt eine kleine Mappe unter dem Arm, erklärt mir, wo sie hin muss, ist freundlich, groß, attraktiv.

Ich habe auch ein Ziel und überlege, welchen Weg ich am besten nehme.

(Als ich aufwache, kommen mir vor Rührung die Tränen.)

Die entheiratete Frau

Die Lebenssituation der allein lebenden Frau ist alarmierend. Sie ist körperlich und seelisch in einem Ausnahmezustand. Sie leidet weiterhin unter mehreren belastenden und einschränkenden psychosomatischen Symptomen. Den derzeitigen Therapeuten kann sie nicht mehr bezahlen. Sie lebt unter ärmlichen Verhältnissen, zunächst zur Untermiete bei einer Bekannten, dann ohne eigene Möbel in der Bonner Altstadt. Von ihrem anfänglichen, politisch verordneten 14-Wochenstunden-Gehalt (später auf 18 Stunden erhöht) muss sie BAFÖG- und Therapie-Schulden in Raten abstottern und natürlich Unterhalt für ihre Kinder zahlen. Hinzu kommen unerwartet hohe Scheidungskosten. Ihr Antrag auf Ratenzahlungen wird auch hier bewilligt. In ihrer misslichen finanziellen Lage arbeitet die Frau stundenweise als Putzhilfe und als Aushilfe in einem Restaurant.

Nach dem dann doch glücklich bestandenen zweiten Staatsexamen bekommt die frisch gebackene Lehrerin einen Aushilfsposten in Hürth, in einer so genannten Vorbereitungsklasse voller ausländischer Kinder ohne Deutschkenntnisse. Die Kombination: unerfahrene Lehrerin trifft auf quicklebendige, desorientierte, verbal kommunikationsunfähige Grundschulkinder, ist ein schulpolitischer Skandal. Die Lehrerin macht sich viele - meistens nutzlose - Gedanken und wurstelt sich durch die Vormittage.

Zu Beginn des neuen Schulhalbjahres 1979 kann sie ihren Dienst als schwangerschaftsvertretende Lehrerin in der Bonner Montessori-Schule antreten. Mit ersten Erfahrungs-Schrammen versehen erlebt sie in dieser Vertretungsrolle einen handfesten Praxisschock. Denn: Sie hat weder in der Ausbildung noch im Referendariat gelernt, was Unterricht wirklich bedeutet. Hier soll sie die Anforderungen nicht nur eines normalen Schulbetriebes erfüllen, sondern die einer alternativen, pädagogisch anspruchsvollen, aber auch privilegiert-individualistischen Grundschule. Sie wird »ins Wasser geschmissen«, so die wohlwollende Schulleiterin. Die Jung-Lehrerin kämpft sich durch Unwissenheiten, Hilflosigkeiten, Disziplinmangel hausgemacht und hat berechtigte Versagensängste. Mittags zieht sie sich verzweifelt die Decke über den Kopf und will am nächsten Morgen »nicht mehr dahin«. Gleichzeitig spürt sie auch ein vorwärtsdrängendes Potential und Interesse an ihrer Arbeit. Sie schreibt ihre ersten Textzeugnisse, wird dafür gelobt und hält unter großen Ängsten ihren ersten Elternsprechtag ab.

Am Ende der sechs Monate Vertretungs-Unterricht bietet ihr die Schulleiterin an, die Montessori-Ausbildung zu machen. Sonst müsse sie leider wieder gehen. Es ist ein verlockendes Angebot. So viel Material gibt es an keiner anderen Schule. Sie weiß schnell: Sie will sich nicht auf eine Methode und eine aufwändige Fortbildung festlegen lassen, ohne anderes kennen gelernt zu haben. Sie geht.

Nun bekommt die Lehrerin ein erstes Schuljahr im Bonner Norden. Sie strampelt weiter, meint, alles wissen zu müssen. Ihr Einsatz ist hoch. Sie bekommt gute

Beurteilungen vom hospitierenden Schulrat. Nach zwei Jahren hat die Schule »Überhang«, also eine Lehrerin zu viel. Sie muss als jüngste und wahrscheinlich den anderen fremd gebliebene Kollegin wieder gehen. Außerdem gab es massive, zum Teil berechtigte Kritik aus Elternkreisen am Unterricht der Lehrerin.

Der Schulrat bietet der Lehrerin an: Sie kann entweder in einem bürgerlichen Viertel oder im sozialen Brennpunkt mit einer ersten Klasse beginnen. Die Lehrerin entscheidet sich für den Brennpunkt im Bonner Tannenbusch. Hier kommen allmählich und unter höchster Anstrengung – und persönlicher und beruflicher Hilfe am Horizont in Gestalt einer Beratungslehrerin – ihre Fähigkeiten zum Vorschein, eine gute Lehrerin zu werden.

Das Allerschwierigste in ihrer neuen Lebenssituation ist der Kontakt zu ihren beiden Kindern. Trotz großer Bemühung kommt die Mutter immer wieder an ihre Grenzen. Es gibt Schwankungen von tiefer Berührung und tiefem Unglücklichsein. Die Frau und Mutter fühlt sich mit allen Schwierigkeiten allein verantwortlich und schuldig. Es gibt neben glücklichen Momenten Missverständnisse, Erwartungen und Enttäuschungen auf beiden Seiten. Ihre persönlichen Verstrickungen verdrängt sie. Sie nimmt nicht wahr, wie einsam, hilflos und verzweifelt sie ist.

In diesen Jahren durchfährt die Mutter jedes Mal ein körperlich-seelischer Schrecken und Schmerz, wenn sie ein Kind »Mama« rufen hört. Automatisch dreht sie sich um, als wäre sie gemeint.

Später entwickelt sich eine tiefe Traurigkeit, wenn sie Eltern mit ihren halbwüchsigen Töchtern und Söhnen begegnet. Sie hätte so gerne ihre Kinder heranwachsen sehen und sie dabei erlebt.

Die Realität ist: Der Ehemann hat nach kurzer Zeit die Scheidung eingereicht. In Schriftsätzen geht es vor allem ums Geld und um das Sorgerecht für die Kinder. Die Mutter hatte sich ein gemeinsames Sorgerecht vorgestellt. Sie hat keine Chance. Auch die Kinder sprechen sich für den Vater aus.

Die Kinder entziehen sich der Mutter. Zuerst will der Sohn die Mutter nicht mehr besuchen, später auch die Tochter nicht mehr.

Die Geliebte: Lust und neue Scham

Die allein lebende, gebeutelte Frau sehnt sich nach einer Bindung zu einem Mann. Als sie sich das eingesteht, trifft sie auch den ihrer Meinung nach Richtigen. Ihre gerade vom Bundesverwaltungsamt eingetroffene Zusage für den Auslandsschuldienst zieht sie postwendend wieder zurück, mit der Begründung, sie habe soeben den Mann ihres Lebens gefunden. Dieser Mann ist vor kurzem von Wuppertal nach Bonn gezogen. Dort leben seine beiden Kinder mit Ehefrau. Der Kinder wegen fährt der Mann fast jedes Wochenende nach Wuppertal, manchmal auch zusätzlich mitten in der Woche. Damit ist die neue Freundin einverstanden. Dieser Mann ist für sie die erste große Liebe. Er ist Geliebter, Freund, Vertrauter, Vater, Großvater zugleich. Sie himmelt ihn an. Sie will ewig mit ihm zusammen sein. Etwas anderes ist undenkbar, unmöglich, ausgeschlossen.

Die verliebte Frau zeigt sich diesem Mann von ihrer Sonnenseite. Sie ist für ihn da, wenn er da ist. Sie ist verständnisvoll und tolerant in allen seinen Angelegenheiten, vor allem wenn er seine Kinder an den Wochenenden besucht. Sie weiß, wie es ist, die eigenen Kinder zu verlieren. Das soll ihrem geliebten Mann nicht passieren. Sie ist deshalb zwar schockiert, aber immer noch tolerant, als er ihr von gemeinsamen abendlichen Familien-Bett-Geschichten im ehelichen Schlafzimmer erzählt. Dass er bei solchen Gelegenheiten mit seinem kleinen Sohn herumtobt, ihm vorliest und auch mit seiner Noch-Ehefrau schläft. Mit der Zeit wird der Geliebten klar, dass die Ehefrau »ihren« Mann noch liebt und ihn zurück haben will

Diese Tatsache, dass der von zwei Frauen begehrte Mann ein Doppelleben führt und sich beide Frauen ihrer Rolle entsprechend verhalten, das blendet der Mann aus.

Die Geliebte ihrerseits pflegt beharrlich ein geschöntes Bild von sich selbst dem geliebten Mann gegenüber. Die wahrhaftige Frau ist für ihn nicht erkennbar. Viel zu spät erfährt er von ihren Lebensängsten, ihrer schwierigen Lebenssituation in Bezug auf die wenigen und schwierigen Kontakte zu ihren eigenen Kindern, ihrer Unsicherheit in ihrem Beruf als Lehrerin im sozialen Brennpunkt, von ihren körperlichen Symptomen und ihren Kontaktstörungen im Umgang mit Menschen.

Während die Frau ihre vielen Wahrheiten gut versteckt, setzt sie sich zeitweise mit dem Mann an ihrer Seite sehr kämpferisch und unversöhnlich über politische und frauenbewegte Themen auseinander. Ihre Arena ist der verbale Kampf. Es kommt zu heftigen Szenen und verletzenden Verhärtungen der Standpunkte. Es gibt unvergessliche Erlebnisse, die romantisch beginnen und in einem Fiasko enden, wie das abendliche »Ereignis Ronacherfels« in ihrem letzten gemeinsamen Urlaub am herrlichen Weißensee in Kärnten. Nach einem vorzüglichen Abendessen entspinnt sich folgender, folgenschwerer Dialog:

ER: Wenn ich mir noch etwas wünschen könnte, dann dies, dass du besser kochen kannst.

SIE: Ich hätte auch gerne einen guten Koch als Mann.

ER: Was soll das denn heißen?

SIE: Warum soll ich mir nicht einen Mann wünschen, der gut kochen kann?

Dieses Geplänkel führt zu einem fürchterlichen Streit und ist endgültig der Anfang vom Ende – nach dem Muster: Angriff dort und Rückzug hier.

Dem Mann geht die Frau zu weit in ihren emanzipatorischen Vorstellungen. Er findet sie zu kleinlich und spitzfindig in ihren Argumenten und hart in ihren abweisenden Reaktionen, wenn sie gekränkt ist. Für die Frau ist der Mann ein Mann, der gerne eine kluge, eigenständige Frau an seiner Seite hat und gleichzeitig die liebevolle, (ver-)sorgende Ehefrau behalten will. Sie registriert, dass der Mann die Privilegien seiner Doppel-Rolle nicht aufgeben will: Hier exklusive Liebesbeziehung, dort vertraute Familie.

Den Glauben an eine unerschütterliche, ewige Liebe bezieht das Liebes-Paar aus einer enormen gegenseitigen magnetischen Anziehungskraft. Sie sind körperlich glücklich miteinander. Diese Tatsache erweckt neben Glücksgefühlen bei der Frau alte und neue Scham zu einem irritierenden Eigenleben. Das der Frau bekannte Erröten taucht verstärkt und in allen Lebenslagen unvermittelt und »grundlos« wieder auf. Die Scham geht einher mit diffusen, lähmenden, bedrohlichen Ängsten. Dies erzeugt einen Teufelskreis von neuer Scham durch die Angst vor Scham und Angst. In ihrem ersten Som-

96

merurlaub auf Korsika ist die Frau glücklich, dass sie und er endlich viel Zeit füreinander und für gemeinsame Erlebnisse haben und gleichzeitig leidet sie hier fast täglich unter innerer Anspannung, Bedrohung, Lebensangst. Hier und auch in der Folgezeit vermittelt sie, dass sie glücklich ist und ihr Leben »im Griff« hat, bis sich ihre Verfassung durch verschlimmerte Symptome, zusätzliches nächtliches Herzrasen und dem Grundgefühl, lebens- und arbeitsunfähig zu sein, nicht mehr verheimlichen lässt.

Die Krise ist nun offensichtlich.

Der Absturz »nach dem Rausch« (Eva Maria Zurhorst) ist tief, der Machtkampf hart.

Die dramatische Trennung erfolgt nach vier Jahren.

Der Mann wechselt seine Arbeitsstelle und geht zu seiner Familie zurück.

Frau und Mann brauchen lange, um sich von dieser Erschütterung zu erholen. Sie schreiben sich unermüdlich seitenlange, glühende, wutentbrannte, vorwurfsvolle und auch sehnsuchtsvolle Briefe. Einmal steht er unverhofft vor der Tür. Sie verschwinden für ein unvergessliches Wochenende in ihren vier Wänden. Trotzdem will sie keine Wiederholung als unendliche Geliebte. Sie will den Mann nie wieder sehen.

Die Frau glaubt zum zweiten Mal in ihrem Leben, sterben zu müssen. Sie wird körperlich krank, bekommt eine akute Trennungsschmerz-Krankheit mit Fieber und Schmerzen am ganzen Körper.

Der Mann, die erste späte Liebe im Leben der Frau, behält einen lebenslangen Platz in ihrem Herzen. Ihre

Liebe, ihr Respekt, ihre Achtung sind geblieben. Dazu gekommen ist - nach Wut, Enttäuschung, Trauer - Verständnis für beide Seiten und es geschieht das Wunder, dass reine Liebe zum Vorschein kommt und ewig bleiben wird.

1999, dreizehn Jahre nach ihrer Trennung, traut sich die Frau, diesen Mann wieder zu sehen. Endlich. Eine Erlösung.

Er ist zu diesem Zeitpunkt gebunden.

Sie ist nach zehn Jahren Verbindung wieder frei.

Nach dieser Begegnung sind wieder fast zehn Jahre vergangen. Fast zeitgleich haben 2007 Mann und Frau den Kontakt zueinander gesucht. Sie wollen von sich erzählen.

Dieses Mal ist der Mann frei – und die Frau ist gebunden…

DIE MUTTER DER MUTTER

Gestatten, darf ich vorstellen: meine Mutter

Mit dieser freundlich-ironisierenden Formulierung fordert die Ärztin die Patientin auf, sich ihrer Mutter GANZ zu nähern und nicht nur einseitig, von einem noch aus der Kindheit stammenden moralisierenden Podest aus.

Darf ich vorstellen:

Die Mutter der Mutter heißt Irmgard.

Irmgard hat vier Kinder geboren, zwei Mädchen und zwei Jungen. Die beiden Mädchen und wahrscheinlich auch die beiden nachfolgenden Jungen haben verschiedene Väter. Das jüngste Kind namens Werner ist im Alter von einem Jahr gestorben. Der größere Bruder und die beiden Töchter wachsen als Kind meistens in Heimen und in Pflegefamilien auf. Der Bruder stirbt mit 44 Jahren an akuter HIV-Infektion. Die beiden Mädchen überleben.

Die große Schwester und auch der Bruder pflegen als Erwachsene lockeren Kontakt zur Mutter. Marie ist das nicht möglich. Ihr bleibt die Mutter lebenslang fremd.

Mutter Irmgard hat, für die katholische Umwelt des Kindes unaussprechbar und für das Kind lange unglaublich, viele Jahre als Prostituierte gearbeitet. So, wie das Kind mit dieser Tatsache andeutungsweise und bedeutungsvoll konfrontiert wird und wie es dann die Mutter darauf hin erlebt, wird dieser »Lebenswandel« für die Tochter eine beschämende, belastende Bürde.

Irmgard hat ein unruhiges, zeitweise buntes und auch beschwerliches Leben geführt. Wahrscheinlich gibt es auch im Kinderleben der Mutter traumatische Erfahrungen. Als Kind lebt sie in Dortmund und erlebt mit ihren vielen Geschwistern Chaos und Gewalt in ihrer Familie. Ihr Vater, Einwanderer aus dem masurischen Polen, findet Arbeit als Grubenarbeiter in Dortmund. Er ist Alkoholiker. Irmgard und auch ihre Geschwister haben Heim- und Pflegefamilienerfahrung. Als junges Mädchen arbeitet Irmgard bis zu ihrer Heirat als Näherin im Krankenhaus Dortmund. Den Krieg hat sie als junge Frau in der umkämpften Stadt erlebt. 1942 kommt ihre erste Tochter zur Welt. In ihrer zweiten Schwangerschaft mit Marie lebt die werdende Mutter in Angst und Kriegsschrecken. Sie leidet an Niereneklampsie und überlebt diese knapp. Sie kommt zur Erholung ins Sauerland. Dort bleibt sie vorerst, lässt sich von Maries Vater scheiden und heiratet schnell ihren zweiten Mann. Als ausgebildete Näherin ist sie in der Lage, für ihre beiden Mädchen hübsche Kleidchen und Röckchen zu nähen. Vor ihrem betrunkenen zweiten Mann flieht die Mutter zum Bauern P.. Herr P. will die Mutter heiraten, was die Mutter aber nicht will. Es heißt, dass im Falle einer Heirat die Fürsorge bereit gewesen wäre, die Kinder aus den Heimen zurück zu holen.

Die Mutter ist oft nicht zu Hause. Die Kinder leiden unter Hospitalismus. Sie erinnern sich an einen Singsang mit dem Text »Mama ko-om«, mit dem sie sich in den Schlaf singen.

Während und nach ihrer zweiten Ehe verkauft Irmgard ihren Körper an die Männer der Umgebung. Offensichtlich wird sie von vielen Männern begehrt. Später wird sie »erfolgreiche« Prostituierte in Hamburg, St. Pauli. Dazu gehören äußerlicher Glamour wie Auto, Chauffeur, Pelzmantel.

Irmgard hat vier Mal geheiratet und jeweils ihren Namen gewechselt. Ehemann drei und vier hat sie im Milieu kennen gelernt. Dort ist sie lange geblieben. Später ist sie wieder nach Dortmund zurückgekehrt.

Irmgard hat von Kindheit an ein verkürztes Bein. Tante Ruth, Irmgards Schwester, die einzige Marie bekannt gewordene Tante, erzählt die Geschichte dazu:

Der Vater brauchte hochprozentigen Stoff. Er schickte Ruth, um Nachschub zu holen. Sie war drei Jahre alt. Das Kind stolperte, als es zurück kam und die Schnaps-Flasche zerbrach. Dies führte zu heftigen Turbulenzen im Haus und dazu, dass Irmgard durch einen Schubs von Schwester Hulda die Treppe hinunter stürzte. Soweit die Geschichte.

Nach diesem Vorfall kommen die Kinder ins Heim oder in Pflegestellen.

Marie und Mutter Irmgard haben sich nach der Zeit im Kalkhäuschen später nur wenige Mal wieder gesehen (siehe: Die Heranwachsende). Diese Kontakte führen nicht zu einer Annäherung. Es gibt Grenzüberschreitungen seitens der Mutter, wie die Entführung aus der Pflegevorschule Olpe und die Begegnung mit dem Kunden der Mutter in Attendorn. Das hat ihr die Tochter übel genommen. Die Mutter bleibt ihr unheimlich und unberechenbar. Es gibt einen Brief der Siebzehnjährigen, in dem sie ihre Mutter bittet, sie vorerst »in Ruhe« zu lassen. Das hat die Mutter lange beherzigt. Später hat sie der Tochter und ihrer Kleinfamilie mehrmals geschrieben. Diese Post hat die Tochter sehr berührt. Es war für sie und den Ehemann selbstverständlich, dass sie keinen Kontakt zur Mutter aufnehmen will.

Nach der Trennung von ihrer Familie beginnt Marie einen Briefwechsel mit der Mutter. Einmal begegnen sie sich kurz an einem Nachmittag im Siebengebirge. Die Mutter ist mit einer Reisegesellschaft unterwegs. Sie freut sich überschwänglich über das Wiedersehen. Die Tochter kann diese Begegnung nicht frei erleben. Sie ist immer noch voller Vorbehalte gegenüber der Mutter. Später schreibt ihr die Mutter: Ich habe dir (in einem bestimmten Moment) angesehen, dass du »mich nicht liebst«.

1988, ein Jahr bevor die Mutter stirbt, besucht sie die Tochter in Dortmund, Kleiststraße, hinter dem Hauptbahnhof. Die Gefühlsmischung der Tochter reicht von Abwehr, Entsetzen, Angst, Unruhe, bis zu einer Portion Faszination über diese fremde Frau, die ihre Mutter ist. Alles, was die Mutter braucht, ist in einem kleinen, von einem großen Bett dominierten Raum. Die Tapete ist vergilbt. Fotos von früher hängen am Kopfende über dem Bett, die Querseite der Wand schmückt ein rotbunter Teppich. Im Bett hat sich Pudel Bibi eingerollt. Auf der Konsole vermischen sich Tabletten, Erdnüsse, Zigaretten – und Kiwis. Die seien gesund. Die Mutter will ihrer Tochter unbedingt die Karten legen. Die Tochter lehnt vehement und wiederholt ab. Eine Silberkugel

102

findet sich später auf dem Kleiderschrank. Per Zeitung suchte die Mutter Kunden, denen sie gegen Bezahlung die Karten legte.

In der Nacht vom 24.5.1989 ist die Mutter der Mutter in einem Krankenhaus in Dortmund gestorben. Das hätte die Tochter nicht gedacht, dass es so schnell geschehen würde. Sondern eher: Vielleicht ist jetzt die Zeit zum miteinander reden und sich kennen lernen gekommen. Die Tochter hätte noch so viele Fragen gehabt.

Ein Jahr vorher ist Irmgards erster Mann, Maries Vater, gestorben. Auch das geht der Tochter - zu ihrer eigenen Überraschung - sehr nahe.

Zur anonymen Bestattung der Mutter in Dortmund findet sich ein kleines Grüppchen ein. Die nächsten Verwandten sind aus Bonn, Leipzig, Frankfurt und dem Sauerland angereist. Eine Freundin aus Dortmund ist auch gekommen. Niemand der Anwesenden käme für eine Grabpflege in Frage. Tante Ruth aus Leipzig stand Irmgard in ihren letzten Lebensjahren am nächsten. Als Rentnerin durfte sie mehrmals im Jahr von Leipzig nach Dortmund zum West-Besuch ausreisen.

Marie sieht zum ersten Mal ihren Bruder. Er ist spindeldürr, mit hervorstehenden Backenknochen, hat große braune, traurige Augen. Aus der anfänglichen Fremdheit und Vorsicht wird schnell Offenheit. Als der Bruder lange auf dem Klo bleibt, wird schnell klar, dass er sich eine Spritze setzen muss. Er spricht darüber. Auch, dass er Chancen hat, ins Metadon-Programm der Stadt

Frankfurt zu kommen. Als Bruder und Schwester sich zum Abschied umarmen, öffnet sich ein Strom von Zuneigung. Bruder und Schwester sehen sich noch einmal in Bonn. Dann bricht seine Krankheit aus.

Die Tochter stellt fest, dass ihr die Mutter erst nach ihrem Tod näher gekommen ist. Sie redet mit ihr und stellt sich vor, dass ihr die Mutter in schwierigen Situationen »den Rücken stärkt« – und der Vater übrigens auch.

Der Versuch, sich der Mutter GANZ zu nähern, das heißt, mit ihr in Achtung und Frieden zu sein, ist ein Fragment. Die Mutter ist der Tochter eine Fremde geblieben - aus mangelndem Wissen und mangelndem Kontakt.

Einmal fragt die Ärztin ihre Patientin: Könnten Sie es annehmen, eine fremde Mutter zu haben?

JA!
JA!

DIE LEHRERIN

Vom Kellerkind zur Beamtin:
Die soziale Leiter ist steil und lebensbedrohlich

Am Anfang stehen große Neugierde und ein unbändiger Wissensdurst – und später die Erfahrung, dass der Satz nicht mehr stimmt: Doof bleibt doof…

Der Ehrgeiz, mehr zu wissen, ist bei Marie während der Lektionen ihres Privatlehrers Siegfried im Marienhospital erwacht. Sie geht mit großer Ausdauer in die Abendschule. Kurz vor ihrer Hochzeit erwirbt die bereits werdende Mutter die Mittlere Reife. Zu Beginn ihrer zweiten Schwangerschaft wird sie von Elisabeth besucht, einer Freundin aus ihrer Abendschulzeit. Elisabeth ist inzwischen Studentin an der Pädagogischen Hochschule in Bonn. Wie kann das sein, ohne Abitur? Marie erfährt Einzelheiten über den dritten Bildungsweg: die so genannte Sonderbegabtenprüfung. Obwohl sie gerade an der Volkshochschule einen Sekretärinnen-Abschluss hingelegt hat, schließt sie einen zweijährigen abendlichen Vorbereitungskurs mit dem Ziel der Sonderprüfung an. Sie besteht diese Prüfung. Der Weg ins Studium erscheint ganz natürlich. Die Frau erfährt hierin die Unterstützung des Ehemannes. Die Studentin absolviert ein Schmalspurstudium am Vormittag. Mittags ist sie wieder zu Hause, wenn die Kinder aus der Schule und dem Kindergarten kommen. Sie erfährt im Studium fast nichts über den Schulalltag und über das, was wirklich wichtig ist: sowohl guten Klassenunterricht machen zu können, als auch das einzelne Kind zu würdigen und dort abzuholen, wo es gerade steht. Der Vorbereitungsdienst, das Referendariat, ist eine unwirkliche Schulwelt. Die Lehramtsanwärterin hangelt sich von Lehrprobe zu Lehrprobe. Sie ist nicht unbegabt, aber psychisch unendlich belastet. Trotzdem sind ihre Vornoten im positiven Bereich. Die Prüfungsstunden verbaselt sie. Sie hat zum Inhalt der Deutsch-Stunde das Fontane-Gedicht: Herr von Ribbeck gewählt. Es geht um das Thema: Schule früher – Schule heute. Sie kann diese Stunde nicht souverän durchführen. Das Versagen in der Heimschule des früheren Schulkindes Marie ist mit anwesend. Die Prüfungs-Kandidatin muss die Stunde abbrechen und rettet, was zu retten ist. Die zweite Prüfungsstunde scheint von Anfang an die sichere zu sein. Auch die verpatzt sie durch herunter fallende Plakate, die sie an der noch nassen Tafel angebracht hat und durch hilflose Suggestivfragen, weil die Kinder erstummt sind.

Der Ehemann und die Kinder warten lange vor dem Schulgebäude, weil sich die Beratung über die Note der Kandidatin als schwierig und langwierig erweist. Die Gefühlsmischung aus Berührung über diese Zuwendung, Peinlichkeit über den Prüfungsablauf und Selbstmitleid über Streit und Spannung in der Familie spürt die Frau noch heute. Sie bekommt als Gesamtnote noch ein mildes befriedigend, weil die Prüfungskommission auf eine positive Entwicklung der Kandidatin hofft. Die Entwicklung zieht sich in die Länge.

Die Jung-Lehrerin engagiert sich, arbeitet viel, bekommt gute Beurteilungen, verbirgt ihre Unsicherheiten und Ängste, verdrängt ihre Realität. Ihr kommt entgegen, dass es in den achtziger Jahren noch ein umfangreiches Fortbildungsangebot für Lehrer und Lehrerinnen gibt – auch am Vormittag. Die noch unfertige Lehrerin bildet sich rundum und non stopp fort; zu allen Zeiten, auch an den Wochenenden und in allen Fachbereichen, insbesondere in Deutsch, Musik/Rhythmus, sozialem Lernen/Konflikttraining, Sport, Kunst und später dann endlich auch in Mathematik. Erst da kann Mathe ein Lieblingsfach werden.

Die Weiterbildung »Schulsonderturnen« ist als Zusatzstudium mit Hausarbeit und Abschlussprüfung angelegt, was eine grundsätzliche Kompetenz für den ganzen Sportunterricht zur Folge hat. Der Prüfungstag bleibt unvergessen: Er beinhaltet eine praktische Prüfung am Vormittag mit fremden Kindern, die in Bussen angefahren werden und am gleichen Nachmittag ein Kolloquium vor einer vier- oder fünfköpfigen Prüfungskommission (darunter: Schulrat Judith, Prof. Denk) immer zu zweit, in der Turnhalle der Pädagogischen Hochschule.

Am Vorabend der Prüfung bekommt die Kandidatin ihre Monatsblutung. Darunter hatte sie immer zu leiden. Von Anfang an: Schmerzen, Krämpfe, Übelkeit. Mit den Jahren kommen dazu verstärkte Blutungen. Eigentlich ist die Kandidatin arbeitsunfähig. Aber sie hat noch nie wegen »Unpässlichkeiten« gefehlt.

Die praktische Stunde zum Thema »Rhythmus im Sportunterricht« gelingt ihr fast sehr gut - die mündliche Prüfung am Nachmittag dagegen umso weniger. Ihre Anspannung, sich in einer Unterrichtsstunde vor dem Schulrat zu zeigen und die Sorge, dass das Tampon versagen könnte, lässt die Kandidatin in der Mittagspause zusammen klappen. In dem Kolloquium kann sie fast keine Frage beantworten. Schon der Einstieg bereitet ihr größtes Unbehagen. Aus der Prüfungskommission spricht eine Stimme: »Hängen Sie sich mal an die Sprossenwand. Heben/Strecken Sie die Beine. Was passiert?« Die Kandidatin befolgt tatsächlich diese Anweisungen – unter größter Anstrengung und nur teilweise. Aus Scham über ihr Versagen und über ihren Zustand kann sie keine Antwort geben. Auch nicht mehr auf andere Fragen. Die Mit-Kollegin stupst sie in die Seite und flüstert ihr etwas zu. Auch die Ohren sind zu. Die Fragen werden mitleidig-leise. Zu guter Letzt: Na ja, eine vier Minus. Insgesamt bekommt die Kandidatin noch ein befriedigend, wegen der geglückten praktischen Stunde.

Die Peinlichkeit dieser Prüfung erhält noch eine Spitze durch die Tatsache, dass der frühere Ehemann der Frau mit dem Herrn Professor bekannt ist und der Schulrat bei späteren Begegnungen stets erwähnt, man kenne sich ja »vom Schulsonderturnen«.

Nach außen wird die ausführlich Fortgebildete eine anerkannte Lehrerin mit einigen persönlichen und frauenbewegten Macken. Nach sieben Jahren Engagement im Schuldienst lässt sie sich in eine psychosomatische Klinik einweisen, aus permanenter Überforderung und Ausblendung eines Teiles ihrer Persönlichkeit.

Die Lehrerin bekommt ein halbes Jahr Auszeit. Danach entscheidet sie sich neu für ihren Beruf. Von nun an gibt es eine kontinuierliche, gute Entwicklung.

Elternabende

Brennpunkte bleiben die Stellen, an denen die Lehrerin öffentlich werden muss: bei Besuchen in ihrer Klasse, auf öffentlichen Veranstaltungen und vor allem an Elternabenden. Hier fehlt der Lehrerin die Sicherheit, sich zu zeigen, sich klar und selbst-bewusst zu vermitteln, ihre Kompetenz zu fühlen und ihrem Selbstausdruck, ihrer Spontaneität und Kreativität zu vertrauen. Sie bereitet sich minutiös vor und geht trotzdem durch viele Höllen. Sie leidet vor solchen öffentlichen Terminen an quälenden Symptomen: Ihr ist übel, sie kann nichts essen, ihr Mund ist trocken, sie läuft wie in einem Käfig ruhe- und rastlos hin und her, sie ist gefangen in kreisenden Gedanken von Versagen, z.B. nicht denken und nicht sprechen zu können, nicht die richtigen Worte zu finden, einen Sachverhalt nicht klar darlegen zu können, sich zu blamieren… Sie möchte perfekt sein.

Seit die Lehrerin weiß, dass das Wasser trinken die Gehirnzellen – und auch alle anderen – wieder belebt, trinkt sie literweise klares Wasser, und übersteht mit mehr oder weniger Erfolg diese abendlichen Herausforderungen. Im Laufe der Jahre hört sie öfter anerkennende Worte über die Gestaltung der Elternabende.

Eines späten Abends stellt sich die Lehrerin völlig ausgepowert, unendlich müde und mit sich selbst zufrieden vor den Spiegel und spricht sich, ihrem Spiegelbild, mit überschwänglichen Worten Lob und Anerkennung aus: Marie, du warst prima! Du hast deine Informationen lebendig, treffend, mit Schwung, mit wechselnden Methoden, manchmal sogar mit Humor, rüber gebracht.

Die Eltern haben dir interessiert zugehört und zugesehen. Sie vertrauen dir und trauen dir zu, dass du deine Arbeit gut machst.

HERZLICHEN GLÜCKWUNSCH!

Mit den Jahren und mit Hilfe von Supervision bekommt die Lehrerin auch ein offenes Ohr für Anerkennung von außen. Sie lernt, dass sie weder ein perfekter Roboter noch eine dumme Liese ist, sondern eine engagierte, erfahrene, kluge, aber auch stinknormale Lehrerin.

Erst am Ende ihrer Laufbahn glaubt sie an ihre professionelle Kompetenz.

Ein konkretes Beispiel: Elternabend vom 24.3.1992

Trotz ihres Ausnahmezustands vor Elternabenden und der zusätzlichen vorbereitenden Arbeiten beruft die Lehrerin auch themenbezogene Elternabende ein, wie im März 1992 einen Abend zum Thema: Lernen und Leisten in der Schule.

Dazu hat sie die am Ort wirkende Kindertherapeutin eingeladen. Sie möchte Gelegenheit zu einem (entwicklungs-)psychologischen Blick auf die Kinder im Grundschulalter geben.

Die Statements von Lehrerin und Psychologin werden hier wieder gegeben, weil sie einen Einblick in kindgerechte Arbeit in der Grundschule erlauben und gleichzeitig offenbaren, wie wenig lebendige Kinder in unser gegliedertes, in Klassen geordnetes Regelschulsystem »passen«:

Die Lehrerin berichtet:

Die Kinder haben Lesen, Schreiben und Rechnen gelernt, jedes Kind im eigenen Tempo, mit individuellen Fähigkeiten und Fertigkeiten.

Außerdem haben sie gelernt, ruhig und konzentriert zu arbeiten - sowohl alleine, als auch mit Partnern oder in kleinen Gruppen:

die Gruppen finden sich selbst – wenn nötig, wird gelenkt,

die Kinder einigen sich, wer etwas aufschreibt und wer die Ergebnisse vorträgt,

sie sprechen ruhig und sachbezogen miteinander,

111

sie erzielen erstaunliche Ergebnisse (auch wenn einige dabei auf dem Bauch liegen und laut denken), oft wird Applaus gespendet für die Leistungen der Gruppen.

Beispiele für Aufgaben: gemeinsames, abwechselndes Vorlesen eines Textes, Fragen zu einem Text beantworten, Hausaufgaben gegenseitig kontrollieren, gemeinsam Gehörtes oder Gesehenes (Text, Dias, Film) zusammen tragen.

Über die Inhalte hinaus lernen/erfahren die Kinder:

dass man sich zu zweit oder in der Gruppe mehr merken kann,

mehr Ideen hat,

dass man strategisch vorgehen kann (»Du fängst oben an, ich unten«),

die Arbeit am Wochenplan eine eigene Vorgehensweise erlaubt,

dass es gut tut und motiviert, selbstständig zu entscheiden, wie man vorgeht,

dass Regeln helfen, erfolgreich zu arbeiten, z.B. mit anderen flüstern, leise durch den Raum gehen, die begonnene Arbeit zu Ende führen,

dass nicht jeder Tag gleich ist, was den Erfolg, das heißt die Schulleistung betrifft,

die Kinder wissen, dass Anstrengung und Konzentration zur Leistung gehören,

sie wissen auch, dass sie nicht viel leisten können, wenn sie ständig an etwas anderes denken (müssen),

sie lernen das »gehirnfreundliche Lernen«, brain gym, zur geistigen Leistungssteigerung.

112

Die Kinder wissen, dass jeder und jede etwas kann und alle Bemühung seinen Wert hat. Dass aber Leistungen in Mathematik, Rechtschreiben, Deutsch »mehr wert« sind, als alles andere – das liegt in der Luft.

Im Bereich des sozialen Lernens wissen die Kinder außerdem, dass es keinen Ort gibt ohne Konflikte, dass bei uns Streits, Wut und Trauer gezeigt werden dürfen und oft – nicht immer – auch geklärt werden können. Alle lernen davon. Kinder und Lehrerin sind berührt von der Ernsthaftigkeit, mit der sich die Kinder miteinander auseinander setzen. Sie lernen dabei, dass das, was der/die andere empfindet oder erlebt, auch w a h r ist. »Das hat mir weh getan«, stimmt für den einen und »Ich habe nur gestupst und Spaß gemacht« für den anderen. Beides stimmt.

Schließlich wissen die Kinder, dass das Wort der Lehrerin gilt, dass Grenzen beachtet werden müssen und dass Sanktionen folgen, wenn ausprobiert wird, ob die Grenzen auch ernst gemeint sind.

N i c h t gelernt wurde bisher ein entspannter, relativierender Umgang mit Noten, die fast nie ausdrücken können, was das Kind wirklich geleistet hat.

Die Gedanken der Kindertherapeutin haben 1992 sowohl die Lehrerin als auch die Eltern verwirrt. Damals fanden sie nicht die ihnen gebührende Würdigung. Dies wird hiermit in dieser Form nachgeholt:

Lernen und Leisten des Kindes wird erst durch den Anspruch des Bildungssystems und der Erwachsenen isoliert betrachtet und als »Raum Schule« benannt. Das gesamte Leben des

Kindes in diesen Jahren, dem so genannten Grundschulalter, ist ein unentwirrbares Gemisch aus Erleben, Träumen, Verstehen, Ahnen und Be-Greifen.

Darin eingebettet liegen die Faktoren »Lernen und Leisten«, die wir Erwachsenen heraus heben, trennen und so gerne über-bewerten. Jedes Kind lernt und leistet ununterbrochen. Ob es drei Knöpfe schließt, sieben Gummibärchen mit einem Freund teilen will, die Schwerkraft am Rinnen der Regentropfen an der Fensterscheibe überprüft, einen toten Vogel findet und beerdigt (oder auseinander nimmt) oder feststellen muss, dass man einen Liter Limonade zwar trinken will, aber vielleicht nicht KANN.

Ein pausenloses Messen und Wiegen, Hinzufügen und Wegnehmen, Teilen, Vergleichen, Vervielfältigen, Verlieren, ein pausenloses Lernen und Leisten.

Dahinein knallt das System »Früherziehung und Grundschule« und behauptet, Leisten und Lernen isolieren zu sollen. Von acht bis neun Uhr gibt es Religion (Jesus hatte zwölf Jünger, da muss auch schon mal gezählt werden. Und wie teilt man einen Fisch unter zehntausend Menschen auf?) Danach wird gerechnet. Der Apfel aber, mit dem wir rechnen, der ist doch auch ein Bild, eine sinnliche Erfahrung, ein Wort!? Der Apfel kann gelesen werden, gegessen, geschrieben, gezählt und geteilt – oder nicht? Ist DAS Rechnen oder Lesen oder Schreiben. Oder ist das »nur« der Pausenapfel?

Und diese magischen Zeichen, die all das begleiten! Die Dinge erklären und abstrahieren! Das ABC, die Zahlenreihe (endlos?), die Rechenzeichen – wie aus einem Zauberbuch!

Das Kind denkt, empfindet und leistet ganzheitlich. WIR

sind es, die trennen und willkürliche Verbindungen herstellen, um dann aus deren Summe wieder ein Ganzes machen zu wollen. Das heißt dann Bildung.

Dazu setzen wir unsere bunten, spannenden Kinder in nüchterne Mehrzweckräume, zwingen sie – auf die eine oder andere Art – auf Stühlen und an Tischen sitzen zu bleiben und bilden uns ein, so könne man besser aufnehmen und nachvollziehen, was es zu lernen gibt. Kinder lernen jedoch möglicher weise manchmal im Kopfstand unendlich viel mehr, können unter der Bank liegend ebenso gut registrieren, was vor sich geht, wie auf dem Schoß eines freundlichen, vertrauten Menschen oder – vor sich hin trollend – auf dem Nachhauseweg.

Diese formalen Dressurakte irritieren die Kinder und n u r ihrem guten Willen ist es zu danken, dass das Ganze dennoch einigermaßen gut geht. Verblüffend, dass es gar nicht so einfach ist, die kindliche Freude am Lernen und Leisten zu brechen, obwohl wir sie – oft gewaltsam – kanalisieren, als handelte es sich um die Steuerung gewaltiger Sturzbäche, die etwas mit sich reißen könnten und nicht um die Lern- und Lebensfreude der Kinder!

Irgendwann hört dieses ganzheitliche Lernen naturgemäß (?) auf. Die innere Differenzierung beginnt. Mathe ist Mathe, Kunst ist Kunst. Die Zeichen sind gelernt. Der Code ist entschlüsselt, die Zauberbücher werden zugeschlagen.

Nun darf und soll und kann abstrahiert werden und jedem Kind wird klar: dies gehört hierher, das dorthin. Damit beginnt das quasi »akademische« Lernen der weiterführenden Schulen, später der Lehrgänge, Universitäten oder Kurse. Dann ist es – neben Intelligenzausrüstung und

Motivation (so noch nicht gänzlich zerstört) eine Frage der inneren Kreativität, seinen Selbstausdruck im Lernen und Leisten adäquat zu finden. Wird zuviel vorher verschüttet, gedrillt, zementiert, verhindert und gestört, ist dieser Weg auf immer erschwert.

Wir müssen uns rückbesinnen, die Kinder mehr loslassen ins selbstbestimmende Tun und unser Vertrauen sichern in ihre Möglichkeiten und Stärken. Und das bedeutet: Den Wert der Kinder nicht ablesen zu wollen am Ergebnis der Testate, sondern an ihrer vitalen Existenz und vielfältigen Leibhaftigkeit.

Den Menschen stärken – die Sachen klären

Diese Worte von Hartmut von Hentig werden zum Credo der Lehrerin. Sie hängen als Spruchband viele Jahre über der Tafel in ihrer Klasse.

Sie schreibt 1995 an sich selbst und an ihre damalige Schulleiterin (die beste, die sie je hatte):

Überlegungen »zu meiner Arbeit heute«:

Seit einigen Jahren fällt mir immer wieder auf, dass ich im Laufe eines Vormittages zu wenig Zeit für die wichtigen Dinge eines Schulalltags zur Verfügung habe. Es fängt schon bei der Wochenplanung an: Eigentlich müsste es doch Stunden geben für »dies und das« – und überhaupt: nicht einmal für Mathematik und Sprache reicht die tägliche Zeit.

Was sind nun »die wichtigen Dinge« eines Schultages? Wir haben ja einen Bildungs- u n d Erziehungsauftrag. Uns drängen die Lernziele, die für jedes Schuljahr feststehen wie auch die Tatsache und Kenntnis darüber, dass Kinder mit großen Lebensproblemen sehr wenig von dem, was wir mit Schulleistungen bezeichnen, lernen. Außerdem wissen wir, dass mit Freude besser gelernt wird und dass der Mensch ganzheitlich am besten lernt, mit allen Sinnen und mit dem Körper.

Demnach sind für mich die wichtigen Dinge eines Schultages sowohl die Inhalte eines Tages als auch das ganze Kind, so wie es an einem besonderen Morgen da ist – wie auch in seiner ganz persönlichen Eigenart.

Worin liegt nun die Schwierigkeit?

Sie liegt darin, dass ich täglich und wöchentlich meinen Unterricht plane mit dem Gefühl des Mangels an Zeit für das, was der andere Teil meiner Aufgabe ist. Ich knapse sozusagen an meinem ausgewiesenen Stundenkontingent von dreiundzwanzig Stunden hier etwas ab und da etwas ab und es ist immer die Frage, woher nehme ich dieses Mal die Zeit, die ich für die wichtigen Dinge benötige, die n i c h t Mathematik, Sprache, Sachunterricht heißen und schon gar nicht Sport, Musik, Religion, Musik, Kunst.

Die anderen wichtigen Dinge haben diese Namen: Im Großen: Tagesplan, Wochenplan, Freie Arbeit, persönliche Forderung und Förderung, außerschulische Lernorte aller Art. Im Kleinen: brain gym (das »Gehirnturnen« zur Aktivierung beider Gehirnhälften), die Fünf-Minuten-Bewegung (zur körperlichen und geistigen Erholung), Konzentrationsspiele, Kimspiele usw. (zur Verbesserung der Wahrnehmung und Merkfähigkeit), Atemübungen (zur Beruhigung, Konzentration, Selbstwahrnehmung), Interaktionsspiele (Herstellen von Kontakt, Verbesserung des Klassenklimas) Klärungen nach den Hofpausen (Ich-Botschaften, den direkten Kontakt einüben)…

Dazu kommen Zeiten für Geburtstage, auszuteilende Kuchen, Vorlesezeiten, Selbstlesezeiten, das Aufgreifen von kreativen Ideen der Kinder, die wichtigen ausgefallenen Zähne, Wehwehchen aller Art…

Ich hätte gerne für diese Bereiche des ganzheitlichen Lernens und Miteinanderlebens viel mehr Zeit und bin mit dem Antreiber in mir in Konflikt, der fordert: Mach mehr Mathe, Sprache, Sache!

Ist das Dilemma zu lösen?

Das letzte Kapitel der Lehrerin

Sommer 2005.

Die innere Stimme der Lehrerin schreit neuerdings fast ununterbrochen: HILFE! ICH KANN NICHT MEHR! Mal laut, mal leise, mal verzweifelt, mal mit Hoffnung und meistens ratlos. Dazu gesellen sich körperliche und psychische Erschöpfungssymptome.

Die Ferienzeit ist zu Ende. Zum ersten Mal in ihrem Schulleben erzählt die Lehrerin am ersten Schultag nicht wie sonst: Es ist wieder schön. Stattdessen klagt sie: Die Kraft ist nicht zurückgekehrt. Die Arbeit hat sich dafür verdoppelt und verdreifacht. Die Antreiber befinden sich inzwischen nicht nur in ihr selbst, sondern sie stehen auch draußen und fordern mehr und mehr. Im Jahr vorher war die integrative Eingangsstufe in wochenlanger Kleinarbeit ins Schulleben gestemmt worden. Nun, drei Monate nach Schuljahresbeginn, wird darüber beraten, ob das besondere, als Kompromiss gedachte Konzept der Schule – Zusammenlegung von Klasse eins und zwei nur in den Kernfächern Sprache und Mathematik – den Kindern, Lehrerinnen und Eltern gerecht wird, ganz zu schweigen von den allseits kritisierten ungünstigen Rahmenbedingungen: Zu große Klassen, ungenügendes Personal, großer Aufwand von Vor- und Nachbereitung, mangelnde Unterstützung – und dafür jede Menge Forderungen von außen. Schließlich wird in Windeseile mit dem Einverständnis aller Beteiligten der alte Zustand wieder hergestellt. Das heißt, es gibt wieder den bekannten Klassenunterricht.

Die Strapazen sitzen noch in den Knochen und trotzdem laufen andere »Projekte« auf Hochtouren: die terminierte Erweiterung des Schulprogramms, die fachorientierte Erprobung der neuen Richtlinien, mit konkreten Terminen und Aufgaben und wie schon im Vorjahr: die Erstellung von weiteren Themenkisten für das laufende Schuljahr, Förderempfehlungen für einzelne Kinder, die termingebundene Einführung der Offenen Ganztagsschule inklusive bauliche Erweiterungen.

Die der Lehrerin wichtigen eigenen Ansprüche an guten Unterricht und an die eigene Person, nämlich mit einer akzeptierenden, freundlichen, zugewandten, kreativen, begeisternden Haltung da zu sein, kann sie immer weniger erfüllen. Das bedrückt sie am meisten.

Die Lehrerin protestiert gegen die nicht zu bewältigenden zusätzlichen Aufgaben. Das macht sie ungeschickt – und sie wird freundlich gebeten, die Notwendigkeiten und das Ganze zu sehen.

Die bis jetzt uneingestandene Wahrheit steht im Raum, dass die Lehrerin den gestiegenen Anforderungen und dem rasanten Tempo der von oben verordneten Neuerungen »nicht mehr gewachsen ist«. Sie will den körperlichen und seelischen Alarm zur Kenntnis nehmen und ihren Schuldienst aus gesundheitlichen Gründen vorzeitig beenden.

Die Entscheidung, ihre Klasse früher als erwartet abzugeben und den grundsätzlich gern ausgeübten Beruf aufzugeben, fällt schwer genug.

Es wird darüber hinaus LehrerInnen, von Amts wegen

120

nicht gerade leicht gemacht, freiwillig vorzeitig aus dem Schuldienst auszusteigen.

Die Lehrerin muss mehrere Ärzte konsultieren und sich in stationäre Behandlung begeben, ehe sie einen Antrag auf vorzeitige »Zurruhesetzung« stellen kann.

Allerdings erweist sich der Kontakt zur Klinik in der Nähe als sehr hilfreich. Die leitende Ärztin »weiß«, wovon die Patientin spricht. Sie kann sich vorstellen, wie es in einer Lehrerin aussieht, die sich selbst ein ganzes Berufsleben lang mit eigenen überzogenen Ansprüchen angetrieben hat und die durch den zusätzlichen Druck von außen und ihr fortgeschrittenes Alter nun keine Kraft mehr hat und krank wird. Sie nimmt die Patientin auf.

Die erste Erfahrung der Patientin ist: Es hat seine Berechtigung, hier zu sein. Es gibt Gründe genug. Der Aufenthalt ist heilend und klärend. Das oberste Therapieziel, die Frage nach ihrer Dienstfähigkeit, wird von den behandelnden Ärztinnen und der Patientin gleichermaßen mit NEIN beantwortet. Gleichzeitig entdeckt die Patientin auf neue Weise, wie die angst- und schulderzeugende Verbiegung in den Heimen auch ihr ganzes schulisches Leben geprägt hat. Viele Jahre gilt auch für die Lehrerin der Satz: »Ich bin nicht würdig«. Ihre mächtigen inneren Antreiber haben Verstärkung bekommen durch die wuchtigen Anforderungen von außen, den politisch durchgepaukten Neuerungen. »Die Nonnen sind jetzt nicht nur in Ihnen aktiv, sondern stehen nun auch außen herum«, sagt dazu die Ärztin.

Das Klinik-Gutachten ist entscheidende Grundlage für die allseits gefürchtete amtsärztliche Untersuchung. Die Noch-Lehrerin bekommt endlich die Erlaubnis, sich in den Ruhestand versetzen zu lassen.

Nun eröffnen sich der Pensionärin neue Möglichkeiten: Sie wird ihre gesammelten Erfahrungs-Schätze in fast dreißig Jahren intensivster Schulzeit als Grundschullehrerin der Offenen Ganztagsschule für den Nachmittag anbieten. Nicht nur, weil die durch Teilzeitdienst, Seiteneinstieg und vorzeitigem Ausstieg die gestutzte Pension knapp ausfällt. Es ist ihr auch ein Anliegen, ohne Leistungs-, Noten- und Auflagendruck Kinder stark zu machen für das wirkliche Leben. Dafür kommen ihr die rundum sprießenden Offenen Ganztagsschulen wie gerufen. Die Pensionärin ist in sozialem Lernen, in Kindertherapie und Gestaltpädagogik ausgiebig fortgebildet. Ihr Thema: Stärken der kindlichen Persönlichkeit und der sozialen Kompetenz.

Abschied feiern

Sie sind eine fröhliche Gesellschaft. Die Sonne scheint. Alles ist gut und fließt. Als die Lehrerin erscheint, fliegen ihr die Beine und die Herzen dieser wunderbaren Kinder zu. Sie strahlen, erzählen, spielen, hören zu, vertiefen sich in die von der Lehrerin zum Abschied gestalteten Mappen mit Fotos, Texten und gemalten Bildern von »früher«. Sie fühlen sich verbunden.

Am Tag danach – bei der offiziellen Verabschiedung von der Schule – gibt es eine Überraschung. Der Kreis ist größer, als erwartet. Die Worte und Gesten sind anrührend. Die Kinder der beiden letzten Musikklassen kommen mit je einer Freilandrose in der Hand und verabschieden sich einzeln. Die hier auf einem rot gepolsterten, golden gestrichenen Königinnen-Stuhl »Thronende« lässt sich spontan das Mikrofon geben und kann vor diesem großen Publikum – als sei es das Natürlichste von der Welt – ruhig, unaufgeregt, passend sprechen, ohne inneren Aufruhr, ohne Hetze, frei und klar.

Diese Würdigung ist pure Freude. Auch die anschließende Feier mit dem Kollegium. Die scheidende Kollegin wird reich beschenkt. Mit Worten, mit Überraschungen, mit Geschenken. Auch in diesem Kreis kann sie das sagen, was sie sich vorgenommen hat: Zu ihren pädagogischen Steckenpferden soziales Lernen, Legasthenie und Dyskalkulie, Kinesiologie, Interaktion und Wahrnehmung, zu ihrem Vorhaben, »Königs- und Königinnen-Stunden« in der Offenen Ganztagsschule anzubieten.

Zur Freude des Tages kommt am Abend der Schmerz des Abschieds hinzu, der sich körperlich manifestiert. Nun ist es endgültig, ausgesprochen und wahr: So, wie das Leben viele, viele Jahre lang war, wird es nie wieder sein: ausgefüllt und angefüllt von einem Schulleben, das die Lehrerin häufig an den Rand ihrer Möglichkeiten und Fähigkeiten gebracht hat. In dem sie sich fast non stopp fortgebildet, weiter entwickelt, engagiert hat, nach dem Prinzip des lebenslangen Lernens.

In ihren letzten Berufsjahren war sie angekommen und zufrieden mit dem, was sie gab.

DIE PATIENTIN

Die Stationen: Zuerst bei einem Nervenarzt aus dem Telefonbuch – als Ehefrau in einer seltsamen Bonner Arztpraxis und Privatklinik – in einer gemischten Gruppe in der Nervenklinik – in der Eheberatung – später auf der Couch bei einem Psychiater – in einer psychosomatischen Klinik – in einer »Missbrauch-Gruppe« – in der Gestalttherapie – und noch einmal in einer Klinik wegen akuter Burn-out-Symptome

Die achtzehnjährige Pfortenangestellte im Marienhospital Bonn bemerkt zu ihrem Kummer, dass mit ihr etwas »nicht stimmt«. Bei jeder Augenkontakt-Gelegenheit, jeder Tür, die sich öffnet, bei Schritten, die sie hört, schießt ihr das Blut in den Kopf. Die Scham darüber ist heftig. Außerdem leidet das junge Mädchen unter Schluckzwang, wenn ihr jemand »zu nah« kommt, vor allem im Gottesdienst, wenn alles rundherum still ist, bei der Wandlung zum Beispiel.

Im Branchenverzeichnis findet das Mädchen unter der Rubik »Nervenärzte« einen Arzt in der Nähe. Er verordnet Autogenes Training, was die Patientin aus Angst vor ihren Körperreaktionen wieder abbricht. Sie schreibt ihrem Vormund von ihren Symptomen und glaubt zunächst, er müsse aus lauter Sorge über den Zustand des Mündels postwendend anreisen. Stattdessen schreibt er einen langen Brief zurück, hat aber auch keine helfende Idee.

Das Mädchen gibt seine zaghafte Suche nach Hilfe auf.

Erst als verheiratete junge Frau kommen kleinere und fragwürdige Therapieversuche in Gang. Zuerst ist die Frau Patientin bei einem Dr. Sch. in der Kaiserstraße. Er versetzt sie mit einer Spritze in die Vene in einen zwanzigminütigen Schlaf. Was er dann macht, erklärt er nicht. Fast immer, wenn die Frau aufwacht, ist der Arzt über sie gebeugt und küsst sie auf den Mund, während er einen süßlichen, ihr nicht unangenehmen Duft dabei hinterlässt. Die Frau traut sich nicht, den Arzt auf seine merkwürdige Methode anzusprechen, aber sie informiert die Sprechstundengehilfin. Frau F. bestätigt die beschriebene Behandlungs-Praxis und bemerkt bedauernd und zum Erstaunen der Patientin, dass sie nur noch in der Praxis arbeite, um »Schlimmeres« zu verhindern.

Eines Tages findet der Arzt, dass die Patientin in seine Privatklinik muss zu einer Schlaftherapie. Es sind acht Tage dafür vorgesehen. Es wird angesichts der knappen finanziellen Möglichkeiten eine für die Patientin tragbare Sondervereinbarung getroffen. Sie bleibt nur drei Tage in der Klinik im Vorgebirge. Während sie schläft hat sie »hysterische Anfälle«. Einmal findet sie sich tatsächlich v o r ihrem Bett wieder. Ohne ein klärendes Gespräch mit dem Klinikarzt wird die Patientin als nicht therapiefähig nach drei Tagen wieder entlassen.

Die nächste therapeutische Station ist die Universitäts-Nervenklinik. Die Frau wird Mitglied einer gemischten Gruppe bei Dr. von Plotho. Dort sitzt die Frau ihre Zeit als Gruppenmitglied ab und kriegt den Mund nicht auf.

Nach einer Weile löst sich die auf allen Seiten zäh verlaufende Gruppe von selbst auf.

Einige Jahre später, als die Spannungen der Eheleute immer größer werden, wendet sich das Paar an eine Eheberatungsstelle. Dort gibt es hoffnungsvolle Gespräche mit Ansätzen von ehrlicher, offener, neuer Kommunikation. Die Ehefrau, die eine mögliche Trennung von dem Ehemann anspricht, sieht sich dort zu wenig gesehen, z.B. mit dem Satz: »Sie wollen doch wohl ihre Kinder nicht im Stich lassen«? Die Ehefrau bricht die Beratung ab und wirft sich dies lange vor. Ihr wird eine Adresse für Einzelstunden empfohlen. Herr L. unterstützt sie so gut es geht in der schwierigen Phase der Trennung. Ein Vertrauensverhältnis hat sich nicht entwickelt. Es entstehen unbezahlbare Kosten, die in monatlichen Raten abgestottert werden. Es gab keine klare finanzielle Absprache zwischen Klientin und Therapeut.

Bevor sich ihre große körperlich-seelische Krise ereignet, macht die inzwischen allein lebende Frau Bekanntschaft mit der analytischen Methode. Sie landet auf einer Couch. Hinter ihrem Kopf sitzt der Arzt und hört und schreibt und sagt sehr selten etwas. Der Geld- und Zeiteinsatz ist enorm: Drei wöchentliche Sitzungen hält der Arzt für nötig. Eine entlastende Entwicklung ist für die Patientin nicht spürbar. Sie sagt dem Arzt nach zwei Jahren, dass sie die Behandlung beendet, was er für falsch hält.

Zur gleichen Zeit sucht die Lehrerin den Kontakt zu einer Kollegin, die für einige Wochenstunden als Beratungslehrerin ihre Brennpunkt-Schule unterstützt. Sie lässt sich nebenbei in Berlin als Gestalttherapeutin ausbilden. Zu ihr fasst die Lehrerin Vertrauen. Bei ihr lernt sie als Klientin die Gestalttherapie kennen. Es sind die ersten wirklich guten, wichtigen, intensiven therapeutischen Erfahrungen. Die selbst zahlenden Kosten sind erschwinglich.

Dennoch: Die Ängste und körperlichen Beschwerden wachsen der jungen Frau über den Kopf. Sie wird arbeitsunfähig. Sie entscheidet sich Ende 1988 für einen Klinikaufenthalt in einer psychosomatischen Klinik. Sie bleibt fünf Monate dort.

Die Frau lernt Grundlegendes über ihre traurige Geschichte, ihre Ängste, ihre Scham, ihre ganze Liste von psychosomatischen Krankheiten wie Herzrasen, Schwindelanfälle, Anspannung an Gesicht und Körper, innere Unruhe, PMS Syndrom, Schluckzwang, Kontaktstörungen, brennende Augen, Schlafstörungen…

Ihre wiederkehrende Themen sind: Lebens- und Kontaktangst, Isolation, der Nichtkontakt zu ihrer Familie, sowohl zu ihren Kindern als auch zu ihrer Mutter, ihrem Vater, ihrer Schwester, ihrem Bruder. Es geht um das Ignorieren von Ärger und Wut, um Scham, Schuld, Versagen, um die Liebe zu ihren Kindern, um deren Verlust, um eigene Verlassenheit, um erlebte Bedrohungen, die in ihren Träumen wieder kehren, um sie verfolgende Männer, um Kriegsgewalt. Es geht auch um die mangelnde Identifikation als Frau, um die »schlimme« Mutter, um ihre permanente Anstrengung, eine perfekte Lehrerin

128

sein zu wollen, um ihre Bemühungen, sich nicht zu zeigen, sondern zu verstecken.

Kurz vor ihrer Entlassung träumt die Patientin von einem kleinen Kind, das krabbelt und gerade laufen lernt. Ab und zu gelingen schon einige selbstständige Schritte.

So geht es ihr auch in dieser »neuen« Zeit: Sie muss »das Laufen« neu lernen. Sie hat immer noch Angst, vor Menschen zu reden, sich zu versprechen, stecken zu bleiben, nicht weiter zu wissen, etwas Falsches zu sagen, ausgelacht zu werden.

Nach ihrer Rückkehr ins normale Leben hat die Lehrerin die Schule gewechselt. Sie muss sich neu einleben und lernen, wieder vor eine Klasse zu treten und sich im Kollegium und vor Eltern zu äußern. Ihr ist, als hätte sie die Sprache so wie damals erneut verloren. Jede Stunde ist ein Kraftakt. Jede Konferenz eine Prüfung. Sie geht den Weg der Vermeidung, wenn die Anspannung zu groß ist.

Und die Lehrerin und Frau lernt mühselig das Laufen und Leben in den nachfolgenden heilsamen Therapien, in der Supervision, in der gestalttherapeutischen Ausbildung.

Zunächst ergibt es sich, dass der Rekonvaleszentin eine ambulante Behandlung bei der behandelnden Klinik-Ärztin möglich ist. Glücklich ist die Patientin damit nicht. Sie sucht »Verständnis« für ihre weiterhin schwierige Lebenssituation. Die Ärztin will nun, dass sich ihre Patientin den Herausforderungen des Alltags stellt. Die Lehrerin fühlt sich überfordert. Trotzdem übersteht sie die auftretenden Höllenqualen und Vermeidungstendenzen und wächst allmählich wieder in ihren Beruf hinein. Sie übernimmt schließlich eine eigene Klasse. Bei der Arbeit mit den Kindern merkt sie schnell, dass sie hier richtig ist. In ihren Kontakten »nach außen« hat sie es weiterhin schwer: An ihrem ersten Elternabend erlebt die Lehrerin ein Fiasko, das ihr noch lange peinlich ist: Vor den ihr noch fremden Eltern verliert sie zwei Mal den Faden. Bei Klassenfesten traut sie sich nicht, mit einleitenden Worten vor die Eltern zu treten. Wenn Gäste in die Klasse kommen, ist sie im Alarmzustand. Bei Konferenzen im Kollegium kann sie oft Wichtiges und Nötiges nicht sagen. Sie bemerkt, dass sie gute Ideen hat und »was zu sagen hat«. Sie kämpft sich manchmal durch Herzjagen und Zittern in der Stimme hindurch und lernt, öffentlich die ersten Sätze zu sprechen.

Es kommt aber auch vor, dass die Lehrerin Kritik und sogar Diffamierung ausgesetzt ist, die mit ihrem Unterricht nichts zu tun haben. Zum Beispiel beschwert sich die Mutter einer Schülerin wiederholt und eindringlich bei der Schulleitung über deren »Unfähigkeit«. Sie ist eine Kollegin des früheren Ehemannes der Lehrerin. Schließlich bittet die Schulleiterin diese Dame ganz beherzt, entweder »die Lehrerin machen zu lassen oder ihr Kind von der Schule zu nehmen«. Und siehe da: Das Kind blieb. VIELEN DANK, Monika, für diese Unterstützung!!

Die Ärztin rät zu einem Wochenende bei einem kanadisch-indianischen Heiler, Art Reade. Davon verspricht sich die Patientin ein Wunder. Die Veranstaltung ist ein

130

Großereignis mit über hundert TeilnehmerInnen und für die Rekonvaleszentin eine psychische und physische Strapaze mit intensivsten Erfahrungen und vielleicht ja auch wunder-baren Nachwirkungen. Hier begegnet ihr zum ersten Mal die Frage nach ihrer inneren Kraft und Spiritualität. In den folgenden Jahren macht sich die Frau auf die Suche, ihrer Kraft und Spiritualität auf die Spur zu kommen. Später verbindet sie die Frage, warum sie eigentlich überlebt hat, mit der Feststellung: Ich hatte Kraft.

Das ist das Jahr 1990.

Im gleichen Jahr wird die Frau auf eine von einer Bonner Ärztin initiierte Gruppe aufmerksam, die sich an Frauen richtet, die in ihrer Kindheit sexuelle Gewalt erlebt haben.

Es kommen dreizehn Frauen, jede mit ihrem traumatischen Gewalt-Paket befrachtet. In den ersten Stunden fühlt die Frau Steine im Magen und einen Kloß im Hals. Ihr Kopf ist siedend heiß und gerötet, wie bei hohem Fieber. Sie glaubt trotzdem, hier richtig zu sein. Sie hat schon alle einschlägigen Bücher zum Thema gelesen. Reden kann sie in dieser Gruppe über sich selbst nicht. Stattdessen erhält sie aus ihrem Unterbewusstsein viele deutliche Träume. S i e sprechen eine ebenso deutliche Sprache:

(Die folgenden Beispiele werden aus Gründen des Sprachflusses in der Ich-Form geschrieben.)

1990:

Ich soll von einer berühmten Ärztin untersucht werden. Sie ist noch nicht da. Ich gehe – mit meinem Bettzeug – auf und ab und warte auf sie. Irgendwann wird mir das Warten zu lang und ich laufe weg. Da begegne ich einem kleinen hutzeligen Männchen, das auf meinen Rücken springt und darauf einen schmierigen Brei hinterlässt. Als ich wieder in der Praxis bin, suchen alle nach mir. Aber ich muss wieder warten. Jetzt verstecke mich in einem kleinen Raum, weil ich mich so schäme. Ein bisschen Hoffnung bleibt.

Viele Menschen sind rundum. Sie gehen suchend ein und aus, bis mich ein oder zwei Männer auf eine Matratze werfen, sich auf mich legen wollen und ich mit den Händen wild um mich schlage. Als es vorbei ist, stehe ich auf und gehe in einen Nebenraum. Dort ist ein Schrank mit einem Spiegel. Ich bin nackt und betrachte mich im Spiegel. Ich entdecke am ganzen Körper Blutergüsse, am schlimmsten quer über der rechten Bauchseite und auch im Gesicht. Dann sehe ich, dass Leute herum stehen. Sie haben hässliche Gesichter. Ein Gesicht mit Maske redet laut und wichtig. Ein Mann kommt herein, setzt sich aufs Klo und stinkt penetrant (nach dem Traum: Schmerzen am ganzen Körper).

Ich bin »zuständig« und komme in einen Raum, in dem nur eine piepsende Stimme zu hören ist und »hier bin ich« ruft. Etwas versteckt wird mir etwas Langes, Dünnes gezeigt. Ich muss einen Stöpsel öffnen, dann quillt etwas Schmieriges heraus, das zu einem Gesicht, einer runden Fratze wird. Die Fratze wird »gefüttert« mit einem gelben Brei, den sie in ihren langen, dünnen,

132

rührigen Körper hinein schmatzt. Die Umherstehenden gucken aufmunternd zu mir und der Fratze, denn ich bin ja »zuständig«. Ich bin entsetzt und betrachte »gefasst« dieses gefräßige Monster und überlege, ob das wirklich ein Mensch ist (gruselig danach).

1997:
  Bin zärtlich mit einem Mann. Wir liegen uns gegenüber, Händchen haltend. Als ich seine Erregung spüre, gehe ich weg mit der Begründung, dass ich nach (m) einem Kind sehen müsse. Plötzlich sitzt ein anderer Mann auf meinem Rücken – Huckepack. Ich mag ihn nicht. Er hat etwas Forderndes und tut mir weh mit seinen langen, scharfen Fingernägeln.
  Ich kann ihn tatsächlich abschütteln und mich befreien.

Die Gestalttherapie

Herr ich bin nicht würdig…

Marie hat diesen Satz so unerschütterlich verinnerlicht, dass er sich durch ihr ganzes Leben zieht: Sie ist »nicht würdig« als Kind, als Frau und Ehefrau, als Mutter, als Geliebte, als Lehrerin. Sie gibt ihr Bestes, ohne glauben und fühlen zu können, dass es das Beste ist, was sie hat und gibt. Sie kämpft überall eine aussichtslosen Kampf. Ihre inneren Antreiber fordern Perfektion.

1991 bekommt die sich neu entdeckende Frau und Lehrerin einen Hinweis auf das Analytische Gestalt-Institut (AGI) in Bonn. Hier wird neben der Ausbildung zur Gestalttherapeutin auch die Weiterbildung zur Kindertherapeutin angeboten. Dafür meldet sich die Frau als Teilnehmerin an und verpflichtet sich für einen ersten, zweijährigen »Baustein«.

In einer Sommerkonferenz des AG auf der Ebernburg macht die Teilnehmerin eine für sie bahnbrechende Entdeckung: dass es um ihre WÜRDE geht, um die WÜRDIGUNG ihrer Person und um die Würdigung ihres Schicksals. Hier erinnert sie sich, mit wie vielen Zweifeln und wie verzweifelt sie immer wieder diesen Satz gesprochen hat: Herr, ich bin nicht würdig, als sieben- und achtjähriges Kind, mit dreimaliger Wiederholung, seit der Vorbereitung auf die Erstkommunion in dem Waisenhaus-Gefängnis Overhagen und dann in den katholischen Pflegefamilien.

Als Folge eines rigiden Beichtunterrichts und einer angsteinflößenden, körperfeindlichen religiösen Erzie-

134

hung hat sich in dem Kind tief eingemeißelt, wie »unwürdig« es ist, die heilige Hostie zu sich zu nehmen. Es fühlt sich schuldig, schlecht, ängstlich, abgetrennt, einsam, ungeliebt, sprachlos. Es ist stumm und dumm geworden.

Unzählige Male erlebt das Kind, die Frau, die Lehrerin, dass sie nicht sprechen kann, dass sie Kontakt vermeidet, in die Isolation flüchtet.

Mit den Jahren wird der Frau deutlich, dass der Angst vor dem Selbstausdruck der Gegenpol Größenwahn gegenüber steht, dem gleichzeitigen Bedürfnis, größer, besser, perfekter sein zu wollen als andere. Diese Grätsche praktiziert die Frau jahrzehntelang.

Supervision bei DIANE

Zwei Jahre Weiterbildung in Kindertherapie im AGI Bonn sind abgeschlossen. Die Absolventin entscheidet sich nun zu einem neueren Neben-Weg, der Kombination von Gestalttherapie und Lehrberuf, also für die Gestalt-Pädagogik. Sie ist sehr motiviert, informiert sich über die Einzelheiten. Eine nachfolgende neue Gruppe soll in Kürze gebildet werden. Deshalb entschließt sich die Anwärterin, die Zeit zu nutzen und mit den nachzuweisenden dreißig Supervisionsstunden im Jahr zu beginnen.

Es kommt anders. Das AGI hat sich in der Folgezeit aufgelöst. Trotzdem wird der Supervisions-Weg ein äußerst heilsamer, bedeutender Umweg mit neuem Ziel. Im Nachhinein wird der Klientin noch deutlicher, wie intensiv, klärend und unterstützend diese Zeit war. Die Themen der Supervision (und Therapie) führen sie zu ihren Antreibern: Sei perfekt und streng dich an; zu ihrer eigenen Verlassenheit und zu ihrer traurigen, sich wiederholenden Geschichte als Mutter ihrer eigenen Kinder. Neben der Trauer und Wut begegnen ihr schließlich auch Scham und Schuld.

Über die Zeit bei DIANE wird chronologisch berichtet:

12/1995

Es geht um berufliche Kompetenz. Ein Rollenspiel »Mutter eines Schulkindes spricht mit Lehrerin« spiegelt ein faszinierendes Bild: Die vielen positiven Bemerkungen der Mutter finden keine Resonanz bei der

Lehrerin, während unbedeutende Kritik über Gebühr beachtet wird.

6/1996

Was brauchst du? fragt Diane. Auf diese auch in der folgenden Zeit immer wieder kehrende Kernfrage fällt der Klientin nichts ein, außer: NICHTS. Am Ende der Stunde weiß die Klientin, was das kleine Mädchen gebraucht hätte: Dass es gerne in den Arm genommen worden wäre, dass es gerne mitgespielt hätte, dass es gerne dazugehört hätte.

Sommer 1996:

eine Woche Workshop auf der Ebernburg (für alle »Angehörigen« des AGI)

Der »rote Faden«: Leben und Tod - verlassen werden und selbst verlassen - ungeschützt sein und selbst nicht schützen können.

Der Traum der ersten Nacht:

Die Klientin träumt, dass ihr Kind untergeht und sie es nicht rettet: Mehrere Menschen liegen bäuchlings in einem Schwimmbecken und gleiten auf dem Wasser. Ein kleines Bündel ist dagegen tief unter Wasser und ganz offensichtlich wird es weiter untergehen. Die Klientin sieht mit Entsetzen, dass es ihr eigenes Kind ist. Sie ist nicht in der Lage, ihrem Kind nachzutauchen. Sie erstarrt und erwartet, dass das Kind sterben wird oder schon tot ist. Sie wacht mit dem Entsetzen auf, dass sie im Traum keine Rettung versucht hat.

In der Arbeit an dem Traum hört die Träumende: Stell dir vor, dass d u das Kind bist, das »untergegangen«

ist, aber durch ein Wunder am Leben geblieben ist. Es geht um Mutter u n d Kind. Beide wurden nicht oder zu wenig beschützt. Beide sind wie durch ein Wunder am Leben geblieben.

Einige Tage später kommen der Klientin in einem Gottesdienst die Tränen bei dem Liedtext: »…In wie viel Not, hat nicht der gnädige Gott, über dir Flügel gebreitet.« Als Kind hat sie dieses Lied ohne Überlegung gesungen – und trotzdem vielleicht das Tröstliche daran mitbekommen?! Auch wenn ein »gnädiger Gott« dem Kind Marie nicht vermittelt wurde, sondern ein ungnädiger, kontrollierender, strafender Gott.

Die Klientin lernt das »Kontaktmodell« der Gestalttherapie kennen. Es besteht aus mehreren Kontaktstufen und beginnt mit dem so genannten Vorkontakt. Nach diesem Model blieb sie in vielen Fällen bereits im Vorfeld einer Regung nach »Kontakt« (z.B. nach etwas Essbarem, nach Bewegung, nach Menschen, nach Beziehung) stecken. Sie wusste wenig über ihre Bedürfnisse und war im Kontakt mit Menschen ver-klemmt, schüchtern, ängstlich, passiv, angepasst. Vermutlich gab es für das kleine Kind keine oder zu seltene annehmende Blick-, Gesprächs- und Körperkontakte. Stattdessen wurde das Kind beschämt, missachtet, verspottet, vergessen. Die Scham sitzt der Klientin mitten im Gesicht, auf den Backenknochen. Sie erschwerte oft jeden Blick nach oben und Blick-Kontakt erst recht.

7/1996

H i l f e ! Wie geht das? Sich selbst verzeihen? Sich lieben und verzeihen! Vierhundert Mal dieselben Sätze

138

sprechen? Mit Misstrauen und zeitweiser Verzweiflung? Wenn die Klientin heute genau weiß, was Kinder brauchen!

Da ist kein Gefühl dafür, dass sie ihren Kindern nicht mehr geben konnte, weil sie nicht mehr hatte, weil sie selbst keine Liebe kannte.

Man kann nicht geben, was man selbst nicht hat, sagt Diane. Es geht um die Härte dir selbst gegenüber. Diese Härte hast du auch erfahren.

H i l f e !

Es tut der Klientin so unendlich leid, dass sie damals nichts über sich selber wusste, dass sie seelisch krank, hilflos und alleine war, dass sie nicht wusste, was Liebe ist.

10/96

Eingeklemmt – unglücklich – stumm.

Welche Energie macht dich so stumm?

Niemand, niemand, niemand hat das Kind Marie beschützt. Da sind eine tiefe Sehnsucht nach Kontakt und eine große, große Angst davor. Dazu kommt die Scham, dass sie so stumm und falsch ist.

Erschaffe dir einen Beschützer, sagt Diane und sag allen »Bescheid«.

12/1996

Die ganze Stunde Tränen.

Sehnsucht nach Ausruhen und Zuwendung.

Der innere Satz heißt trotzdem: Ich brauche nichts. Auch die weinende Frau weiß nicht, was sie brauchen könnte.

Ihr fällt eine Szene aus dem Waisenhaus Overhagen ein: Draußen auf dem großen Hof gibt es ein Fest. Es werden Geschenke an die Kinder verteilt. Als die kleine Marie das mitbekommt, spricht sie einen Erwachsenen an, ob er für sie »was hat«. Nein, leider nichts mehr. Schon alles verschenkt. Das Kind läuft beschämt und mit gesenktem Kopf durch den Trubel des Tages.

1/1997

Ärger! Über eine Frage. Und die Offenbarung, was bei Ärger passiert: Die Klientin verschwindet »auf dem Mond«.

Das Kind hatte trotz eingeschränkter Wahrnehmung den Mond entdeckt und »den Mann im Mond« als einen fernen Verbündeten empfunden.

7/1997

Thema Einsamkeit. Wenn sie da ist, wird sie bewertet. Dazu kommt die Scham darüber, einsam zu s e i n. Sie sitzt tief. Es ist schwer, damit heraus zu kommen, sich damit zu zeigen.

Da ist eine große Sehnsucht, g a n z und heil zu sein. Sehnsucht nach Bindung, nach (Haut-)Kontakt. Die Klientin wundert sich, dass sie das, was ist, aushalten kann. Dass sie das aushalten kann. D a f ü r hat sie Bewunderung.

Eine schöne Vision: Die Frau ist mittendrin, hat Kontakt, hat etwas zu verschenken und bekommt geschenkt, ist beschützt, wird geachtet, gemocht, geliebt und ist mit allen Sinnen lebendig.

9/1997

Trotz. Trotz. Trotz.

Diane sagt. Trotz ist etwas Lebendiges. Die Klientin ist skeptisch.

Was brauchst du? fragt Diane wieder mal.

Der Klientin fällt und fällt nichts ein. Sie fühlt nur Druck, eine Antwort wissen zu müssen.

Noch einmal: Was brauchst du, Marie? H e u t e jemanden, der mit in die Sauna kommt.

10/1997

Und wieder: Was brauchst du, Marie?

Eine Schulter. Eine Hand. Ein Ohr. Eine Pause. Gute Worte. Etwas zu Lachen.

11/1997

Heute tut es wieder weh.

Dass sie so weit von ihren Instinkten entfernt war!

Die Bärenmutter kämpft um ihr eignes Leben, wenn sie ihre Jungen gegen den stärkeren Bärenvater verteidigt. Das ist ihr I n s t i n k t! Die Tiere verhalten sich »natürlich«, den Menschen kann es weggemacht werden.

Dass es keinen anderen Weg gab, als diesen leidvollen, wegzugehen.

Das sie d a s getan hat!

11/1997

Die Klientin findet einen Schlüssel zu ihrem Herzen. Sie findet ein Herz für die kleine, traurige, schmollende, einsame Marie. Sie bekommt ein Gefühl dafür, wie verlassen dieses Kind gewesen ist; dass wirklich niemand da war, der es trösten, verstehen konnte; dass dieses abgewiesene Kind nie mehr nach etwas fragen wollte. »Ich brauche nichts«, war seine tiefe Überzeugung – und ich nehme auch keine Geschenke an. Als zum Beispiel das zehnjährige Pflegekind in Olpe eine Tafel Schokoladen geschenkt bekommt, weist es die sehr entschlossen zurück. Nur, dass der Mann, ein Bekannter der Pflegeeltern, noch hartnäckiger war als das Kind. Schließlich nahm es die Schokolade – beschämt und gierig zugleich.

11/1997

Angst und Ungeduld führen ein Zwiegespräch. Die Ungeduld will die Angst weg machen.

Sie hat ihren Sinn, sagt Diane. Welchen? Pass auf, sie verletzen dich! Warum immer noch? Sie braucht ihren Platz! D a n n kann sich etwas ändern.

Was brauchst du als Unterstützung für deine Eltern-Gespräche?

Ein Tier! Einen Bären für Kraft und Stärke. Und: Eine Schildkröte mit Panzer zum Schutz.

Diane: Du bist nicht verantwortlich für die »schlechte« Mutter. Du bist eine engagierte, gute Lehrerin und kannst über alles sprechen!

1/1998

Diesen Traum kann sie n i c h t erzählen. In diesem Traum sitzt sie mit ihrem Kind in einem Boot. Der Junge droht unter zu gehen. Die Mutter kann ihn retten.

142

Stattdessen: Die Klientin fühlt sich verschlossen und trotzig. Die Frage: Was brauchst du, macht sie wieder stumm.

Es ist wie es ist.

1/1998

Du bist so streng mit dir, sagt Diane. Da wird was dran sein. Da i s t was dran. Schule ist so anstrengend. Viel Anspannung im Gesicht. Die Lehrerin findet, dass sie gute Arbeit macht. Dass ihr »Einsatz« aber zu hoch ist. Warum ist das so? Du bist so streng mit dir, sagt Diane.

2/1998

Die Klientin macht sich auf neue Weise mit dem Bild des Fotografen in Overhagen vertraut: Die Augen des Kindes sehen direkt in die Kamera. Die Frau sieht in diesen Augen Angst und Scham. Das trifft sie tief. Der Mund ist Mutter Irmgards Mund. Er lacht für den Fotografen, mit gespannter Unterlippe. Es ist eine Momentaufnahme. Aber für diesen Moment ist sie wahr. Der Kamera, sich selbst, Diane ins Auge zu sehen, fällt ihr schwer, macht Angst. Aus mangelnder positiver Spiegelung von Anfang an.

2/1998

Sie betrachten wieder das Foto, mit den großen, leeren, für die Klientin ängstlichen Augen. Diane sieht »verhaltene« Augen. Du bist ja »im Verstecken« gut, sagt sie. Von Angst sehe s i e nichts. Was denn so schlimm daran wäre, wenn jemand die Angst entdeckt? Dann wird alles noch schlimmer, das Ängstlich sein und die Scham darüber, damit gesehen zu werden. Das hat die schlimme Lage noch mal verschlimmert. Dann bist du also damit auch alleine? Ja. Da ist der einzige sichere Ort: alleine und einsam zu sein. Wenn das Kind wieder »lieb« ist, kann es wieder kommen.

Wo ist der Ärger? Keine Ahnung. Ist er überhaupt da? Jetzt ärgert sich die Klientin über Dianes Ton. Aber wieder nur »ein bisschen«, so dass sie ihren Ärger nicht packen kann. Er wird versteckt und getarnt. Die Frau fällt aus Ärger in Schweigen, in Müdigkeit, in Kränkung, in unterschwellige Vorwürfe, in »Untertöne«.

Hausaufgabe: Wie machst du deinen Ärger weg?

Ja wie? Sie entschuldigt fast alles, vor allem auch ihre Männer: G. und F. und R. Und alle drei waren zeitweise auch große Arschlöcher. Und sie hat alles »verstanden«. S c h e i ß e !

Wie macht sie den Ärger weg? Sie ignoriert ihn. Noch ehe er bewusst geworden ist. Erst im Nachhinein kann sie nach-fühlen, dass auch Ärger im Spiel war. Das den Ärger-nicht-mitbekommen macht weinerlich, saft- und kraftlos, unentschlossen, unsicher, ängstlich, mutlos…

3/1998

Die Klientin will das ändern. Da stellt Diane wieder die Frage: Was brauchst du jetzt? Darauf ist die Klientin nicht gefasst. Sie reagiert mit Panik. Wohin packst du deine Wut, hat sie erwartet. Aber nicht: Was brauchst du?

Dann schließlich, macht sie sich darüber lustig und sagt: Ich will ALLES. Wunderbar: Also alles! Und Diane

»übersetzt«, was dieses »alles« für ein Kind bedeutet: Es braucht Geborgenheit, Wärme, Arme, die es halten und wiegen, Hände, die es streicheln, Hautkontakt … Hast du solche Bedürfnisse? Schon wieder so eine schwierige Frage! Widerstand. Abwehr. »Ich-brauche-nichts-Gefühl«. Verachtung für die, die Bedürfnisse haben. Scham.

Und der Klientin dämmert es, wie bedürftig sie ist – so gefühlsorientiert wie sie ist. Ein Tier für ihre Bedürfnisse. Welche Körperstelle steht dafür? DIE HAUT. Das Tier: Ein Nilpferd (Diane: gut im Untertauchen und Verstecken). Seine Botschaft: Ich bin wie ich bin. Und lebe ganz natürlich, nach meinen Bedürfnissen. Ich bin wie ich bin. Meine Bedürfnisse sind natürlich!

»Ich will alles« – ein schmissiger Hit von Gitte. Alles! Endlich alles: Geborgenheit, Sicherheit, Nahrung, Pflege, Nähe, Hände, Zärtlichkeit, Autonomie, Achtung, Eigenes, Zuwendung, Berührungen, Worte, Stimmen, Gespräche, Austausch, Stille, Aktion…

Das ist »Schicksal«, als Kind nichts zu bekommen, sagt Diane so dahin. Einfach nur Schicksal – nichts von dem zu bekommen, was ein Säugling, ein Kleinkind, ein junger Mensch braucht? JA. Mehr nicht. Es ist d e i n Schicksal.

Ein Satz aus einem Film: Good Will Hunting: Du kannst nichts dafür. Du kannst nichts dafür. Du kannst nichts dafür! Bis der Mann in tiefes Schluchzen und Weinen ausbricht. Bei diesem Satz bricht seine Starker-Mann-Fassade endlich zusammen.

Das hat eine andere Qualität wie »Du hast keine Schuld«. Es ist wahrscheinlich so: Marie, du kannst nichts dafür, dass du dich so schuldig gemacht hast. Du kannst nichts dafür. Du warst selbst so bedürftig.

3/1998
Die Klientin will nicht reden. Warum nicht? Weil sie sich beladen fühlt und nichts Schweres reden will. Aha.

Dann ist sie doch beim Thema: ihrem Alleinsein, dem Getrennt-sein von ihren Kindern, dem »kindlichen« Gefühl, alleine auf der Welt zu sein, dass sie niemand liebt, einschließlich ihrer eigenen Kinder.

Jedes Kind liebt seine Eltern, sagt Diane.

Und wenn die Liebe verschüttet ist?

Die Klientin erzählt von ihrer lebenslangen Distanz zu ihrer Mutter, von den wenigen Malen, die sie sich sahen, von ihrer Verachtung.

Sie erzählt von ihren eigenen Kindern und ihrer Vermutung, dass auch sie ihre Mutter verachten, dass sich zum Beispiel die Tochter gegen die Formulierung wehrte: »viele Grüße, deine Mama«.

Diane ist angerührt von diesem Wiederholungs-Zwang, der Liebe ausdrückt. Wir wiederholen die eigene schlimme Geschichte aus Liebe. Das versteht die Klientin nicht. Diane fragt: Was hätte deine Mutter tun sollen, als du erwachsen warst?

Sie hätte erzählen sollen, aus ihrem Leben, aus ihrer Kindheit, von ihrer Jugend, von ihren Gefühlen – die ganze Wahrheit.

Wiederholungen!

146

3/1998

Die Klientin kommt mit Unruhe und Angst. Wegen der Allergie-Pusteln. Und darunter?

Warum war sie so eine Mutter? Warum haben sich ihre Kinder dem Vater zugewandt und sind von ihr so abgerückt? Warum konnte sie sich nicht in sie hinein versetzen?

Brauchtest du Hilfe? JA. Sie konnte nicht danach fragen. Und jetzt? Immer noch nicht! Probier es aus: Ich brauche deine Hilfe – nicht. Was stimmt? Nichts stimmt. Nichts ist richtig. Weder Widerstand, noch Anpassung, noch Öffnung.

Du kannst machen was du willst, nichts ist richtig. Nichts. Diane setzt sich neben die Klientin und legt vorsichtig ihre Hand auf deren Arm. Und wiederholt immer wieder: Was du auch machst, nichts ist richtig. Es ist egal, was du machst. Bei diesem Glaubenssatz stimmt nichts. (Und die Frau weint und weint und weint…) Und du denkst immer noch, du könntest etwas richtig machen, wenn du dich nur anstrengst. Und du bist Schuld, weil es nicht geht.

4/1998

Die Klientin weiß nicht, was sie sagen soll. Sie sagt wenigstens das. Es wird ein Einstieg in eine klärende, ermutigende Stunde. Ihre Vorstellung war: Du hattest Ferien und bist ausgeruht, entspannt, fröhlich usw. und zwar jeden Tag. Es entsteht ein Kampf gegen das, was ist und gegen das, was sein sollte.

Ein Experiment: Konzentration auf das spirituelle Chakra. Es erscheint ein Licht. Seine Botschaft: Freu dich. Hier ist Unterstützung. Du darfst da sein. Da sein.

Freu dich, Marie, dass du gesund bist, dass du Fahrrad fahren kannst, Arbeit hast und sie gerne machst, dass du zu Diane kommen kannst, eine Freundin hast, schöne Ferien erlebt hast, in einem herrlichen Garten sitzen kannst, dass es bei dir zu Hause gemütlich ist, du ein Dach über dem Kopf hast, deine Kinder gesund sind und schön anzusehen, dass du genug Geld hast, dass du Hören, Sehen, Fühlen kannst! Freu dich, dass dein Leben voller Wunder ist.

5/1998

Eigentlich hatte sie sich etwas anderes vorgenommen. Aber am Tag vorher war die Klientin durch eine Hölle gegangen. Vortrag vor Eltern, die sie noch nicht kannte, die ihre Kinder einschulen wollen im August. Wie durch ein Wunder konnte sie dann doch klar sprechen und denken und das sagen, was sie sich vorgenommen hatte. Der Weg dorthin ging durch die Hölle der Angst. Es gab den Gedanken, sich zu verweigern, sich gegen die Qual und auch gegen Erfolg oder Misserfolg zu entscheiden. Du hast zu wenig oder gar kein NEIN. Und wieder Irritation bei der Frage: Was brauchst du? Drucksen, Pausen. Krampfen. Du darfst auch nichts brauchen: Danke, das reicht – geht auch! JA und NEIN. So kleine Wörter. So schwere kleine Wörter!

11/1998

Man kann es sich nicht aussuchen, sagt Diane.

Wiederholungen: Die Mutter der Klientin: Sie tat im-

148

mer so, als wäre alles leicht, als wäre »nichts gewesen«. Die Klientin hat es genauso gemacht. Das ist für Diane ein Zeichen von LIEBE. Du wolltest genau so sein wie sie. Mutter und Tochter taten beide so, als wäre alles leicht gewesen. Aber es war schrecklich. Schrecklich und schrecklich und schrecklich! Die Mutter hat sich nicht um ihr Kind Marie gekümmert. Das Kind war die meiste Kinderzeit im Heim, dann bei Pflegeeltern und dann bei »frommen« Nonnen. Das war alles »nicht schlimm«? Es w a r schlimm!

Man kann es sich nicht aussuchen. Nicht mal im Wahrnehmen, wie es wirklich ist oder war.

11/1998

Ärger und Angst über Grenzüberschreitungen einer Schul-Mutter.

Es entsteht ein Bild von dem unsicheren, allein gelassenen Kind in Ernestus, dem Kind, das durch die endlose, bewaldete »Prärie« des Sauerlandes läuft, ausgelacht, abgewertet, allein. Das spürt die Frau heute noch. Es entwickelt sich eine Geschichte der Scham. Wenn die Seele nicht mehr konnte, floh sie »auf den Mond«. Scham, sagt Diane, ist das einzige verbindende Gefühl zwischen Erde und Mond. Treffender geht es nicht.

Die Klientin hat ein »Seelenbild« gemalt (siehe Titelbild). Im Zentrum erscheint ein schmaler, hellgelber Schweif, wie ein gerade beginnender zunehmender Mond. Dieser Schweif, findet die Klientin, ist ihre wahre Seele. Sie ist gerade sichtbar. Vielleicht ist er ein Symbol dafür, dass sie überlebt hat. Sie war trotzdem lange tot auf dem Weg, wieder lebendig zu werden.

1/1999

Die Klientin ist tief getroffen von dem Satz: Ich lasse mich auf niemanden mehr ein!

Schon bei den zweiten Pflegeeltern in Olpe war sie in dieser unglücklichen, in sich zurück gezogenen inneren Verfassung. Nicht einmal auf den Hund Bubi hat sie sich wirklich eingelassen. Ein Jahr zuvor hatte das Kind Marie zu den Pflegeeltern in Welschen-Ennest Mama und Papa gesagt. Nun sollte es schon wieder zu diesen neuen, fremden Menschen Mama und Papa sagen. Das Kind wollte nicht. Und tat es dann doch – mit großem inneren Widerstand und dem Grundgefühl: Ich lasse mich auf niemanden mehr ein. Das Kind wollte nur weg, weg, weg, als die Volksschule zu Ende war. Es hätte die achte Klasse noch machen können. Es wollte nicht.

1/1999

Die Klientin erzählt diesen Traum: Sie steht vor einer Klasse mit erwachsenen Zuhörern. Sie ist für jemanden eingesprungen, hat aber keine Ahnung, wovon sie redet. Trotzdem hören alle zu. Nach der Pause wird klar, dass die Klientin auch den zweiten Teil bestreiten muss. Sie weiß nicht, was sie nun noch vortragen soll. Sie findet eine Reihe von kleinen Wichtigkeiten, die eine Fortführung des Vortrags verhindern. Allmählich wird deutlich, dass es aus Zeitgründen einen zweiten Teil nicht geben wird.

Der Traum ist ein Spiegel zu deinem Leben, sagt Diane. Es gab lauter schwierige Zufälle in deinem Leben: Die Chaos-Eltern, die Nonnen, die Pflegeeltern. Und du spielst immer noch das Spiel: Das Leben ist leicht

150

und locker. Deine Realität heute ist aber so: Du hast anstrengende Kinder in der Klasse, eine hyperaktive Mutter als Vorsitzende, keine unterstürzende Schulleiterin, einen Konflikt mit einer wichtigen Kollegin. Du bist alleine, ohne Partner, bist ohne vertrauten familiären »Anhang«…

2/1999

Ich habe viel Kraft, wenn ich wütend bin, sagt die Klientin zu Dianes Überraschung, während sie die Thermoskanne mit Schwung öffnet. Aha! Und wieso?

Eine nahe stehende Kollegin hat die Klientin am Morgen mit »Du guckst so komisch« begrüßt. Diese »blöde Kuh« kriegt mit, dass die Klientin mit einer Laus über der Leber den Tag anfängt und null Bock auf Arbeit hat. Diane nennt das Therapieerfolg: Du ackerst seit 50 Jahren für das, was andere von dir wollen, nach höchsten Ansprüchen und geringsten Voraussetzungen, das heißt: mit mangelhafter Ausbildung, ohne innere Sicherheit, mit Null Unterstützung der Vorgesetzten und unter miserablen Bedingungen. Also endlich mal ein NEIN!

4/1999

Die Klientin staunt und lernt, dass die Schwierigkeiten mit der wirklich schwierigen Schul-Mutter auch einen ganz persönlichen, tiefen Hintergrund haben. Diese Mutter braucht die Lehrerin als Opfer für ihre Macken. Und die Klientin denkt: Das kann doch nicht wahr sein! Die Situation in Ernestus, vom Stiefvater zurück gepfiffen: Das kann doch nicht wahr sein! Dass es nach dem Waisenhaus kein Zuhause mehr gibt: Das kann doch nicht wahr sein! Ihr Leben kann doch so, wie es sich darstellt, nicht wahr sein!

5/1999

Gute Grundstimmung. Chronologie der aktuellen Ereignisse: Eine lange Übung des Nein-Sagens m i t zitternden Knien.

Sie erzählt den »Truck-Traum«: Sie sitzt am Steuer. Sie hat Kraft und kann dieses Wahnsinns-Fahrzeug steuern. Sie möchte damit gesehen werden: breit, laut, wuchtig, mit zig PS fährt sie ein. Alle sehen es. Toll!

Ich-bin-Gedanken:

Ich bin schön. Ich bin klug. Ich bin gefühlvoll. Ich bin einfühlsam. Ich bin sinnlich. Ich bin übersinnlich. Ich bin herzlich. Ich bin freundlich. Ich bin treu. Ich bin fleißig. Ich bin verantwortungsbewusst. Ich bin ehrlich. Ich bin offen. Ich bin schüchtern. Ich bin laut. Ich bin leise. Ich bin neugierig. Ich bin sportlich. Ich bin zärtlich. Ich bin gläubig. Ich bin romantisch. Ich bin klar. Ich bin zielstrebig. Ich bin kontaktfreudig. Ich bin scheu. Ich bin unsicher. Ich bin ängstlich. Ich bin verwirrt. Ich bin anspruchsvoll. Ich bin einfach. Ich bin ehrgeizig. Ich bin stark. Ich bin stumm. Ich bin modern. Ich bin kindorientiert. Ich bin kindlich. Ich bin pädagogisch. Ich bin verletzlich. Ich bin empfindlich. Ich bin emphatisch. Ich bin »rund«. Ich bin schlank. Ich bin politisch. Ich bin hart. Ich bin heimatlos. Ich bin auf der Suche. Ich bin ungeduldig. Ich bin verletzend. Ich bin da.

6/1999

Im Verstecken bist du gut, sagte Diane schon öfter. Heute gelingt der Klientin nur am Anfang, ihre Bedürftigkeit nach Wärme, Zuwendung, Beachtung in einem »Fremdeln« zu verstecken. Diane bietet ihr offen und liebevoll die Hand, auch als die Klientin wieder mit dem Mund sagt: Ich brauche nichts! Sie nimmt ihre Nähe und fühlt sich schließlich ruhig.

8/1999

Das ist reine Liebe, sagt Diane: Der Mama alles recht machen wollen. Immer und immer wieder, ohne Aussicht auf Erfolg. Es ist nie richtig und nie genug. Und die kleine Marie macht weiter. Aus Liebe.

9/1999

Thema ist der wieder aktuell gewordene Schluckzwang. Was schluckst du herunter?

Viel!

Die unzähligen Male Anwesenheit in der Kirche, in der sich die Klientin immer schuldig fühlte und nicht sein wollte.

Die Begegnung mit dem Vater, der sie als Fünfzehnjährige mit nassen Schlabber-Zungenküssen überfallen hat.

In einem Traum schluckte die Klientin etwas herunter, das nach Terpentin mit Splittern schmeckte. Sie musste ins Krankenhaus und glaubte, daran sterben zu müssen.

Diane sagt: N i e m a n d hat dir gesagt: Es ist richtig, dass du so empfindest: Dass die Kirche langweilig ist, dass du dich ekelst, wenn dir jemand zu nahe kommt, dass du nervös bist vor einer schwierigen Aufgabe wie zum Beispiel einem Elternabend, dass du müde bist nach einem anstrengenden Tag, dass du dich verstecken willst, wenn du dich schüchtern fühlst.

Ja, so ist das. Selbstverständlich und doch so neu.

10/1999

Es gibt Verwirrung. Die Klientin ist davon beunruhigt. Verwirrung ist immer gut, sagt Diane.

Es geht um Schuld. Sie liegt als dicker Klumpen auf dem Boden. Das Tier für die Schuld ist ein Seelöwe, der Witzchen macht und dann wieder abtaucht. Es scheint etwas sehr Beschämendes in Verbindung mit Schuld zu geben. Der Klientin fällt ihr erster Geliebter und Mann ein. Sie war sehr auf ihn fixiert weil er der erste Mann in ihrem Leben war, den sie liebte und sexuell begehrte wie keinen anderen. Die heftigen Liebes-Gefühle brachten auch Verwirrung hervor in Form von Scham und Schuld.

11/1999

Und noch einmal Schuld und Scham.

Die Klientin nimmt die g a n z e Schuld auf sich: für die schwierige Schulsituation, für die gescheiterten Beziehungen, für ihre Unfähigkeit, eine gute Mutter zu sein, für ihr eigenes kaputtes Elternhaus, für ihr Waisenkind-Dasein, für ihr Alleinsein. Und für das alles schämt sie sich. Scham und Schuld.

Wo ist die Scham? Mitten im Gesicht. Ein Tier für die Scham. Ein Frosch: glitschig, großmaulig, plump. Sein Wunsch: Küss mich. Vielleicht ein verwunschener Prinz?

154

12/1999

Supervision: Grenzüberschreitungen von einer Eltern-Mutter, die Forderungen stellt. Diane bietet an: Klare Regeln finden. Die eigene Kompetenz fühlen. Keine Rechtfertigungen. Vor allem nicht mehr alleine mit der Mutter reden. Die persönlichen Ebenen der Klientin klären. Die eine: Fehler sind erlaubt. Wer Fehler macht, ist auch nicht unfehlbar. Die andere Ebene: Es geht bei Fehlern und Kritik um etwas Existentielles, Vernichtendes. Deshalb gibt es den Wunsch bei der Klientin, allmächtig sein zu wollen, um den Preis, eine Höllenangst vor Fehlern haben zu müssen. Aha!

Diane auf die Frage: Warum bin ich so alleine? Weil es niemand wissen darf, wer du wirklich bist: verletzt und leicht verletzbar, engagiert, aber »stinknormal« in deiner Arbeit. Drei wichtige Sätze zur Abgrenzung: Ich tu, was ich kann. Ich bemühe mich zusätzlich. Hier ist meine Grenze.

1/2000

Noch einmal: Scham – Schuld – Alleinsein – ein Teufelskreis. Die Klientin betrachtet sich selbst: die sich schämende, sich an ihrem Alleinsein selbst schuldig fühlende einsame Marie. Sie hat sich eingeigelt und will auch nicht mehr »auf die Welt« zurückkommen. Was tun? Geduldig warten! Die Klientin hat keine Geduld. Was dann? Immer wieder kommen: Ich bin wieder da! Und ich komme wieder!

3/2000

Ein Traum zu Dianes Satz: Du erwartest Unmögliches von dir!

Die Klientin ist in einer hektischen Gruppe. Sie soll mit der Gruppe in Kürze ein Stück aufführen. Als die Klientin ihre Rolle bekommt, stellt sie fest, dass es sich um eine Version in englischer Sprache handelt. Sie sagt, dass sie kein Englisch kann und nicht einmal Namen richtig aussprechen kann. Das interessiert niemanden. Die Klientin m u s s spielen. Es gibt einen unausgesprochenen Zwang, mitzuspielen. Da sie weiß, dass sie weder die Sprache noch schauspielern kann, ist ihr die öffentliche Blamage sicher. Sie erwartet Hohngelächter.

8/2000

Die Klientin kommt mit einem Erfolgs-Erlebnis. Dianes Empfehlungen vor dem gefürchteten Elternabend waren: Konzentriere dich auf das, was du k a n n s t: auf deine Wahrnehmung und Förderung von Lernstörungen, die neuen Rechtschreib-Theorien, die Kinesiologie und suche Blickkontakt zu denen, die dich freundlich ansehen (und nicht wie im Traum auf Unmögliches).

9/2000

Die Klientin hat in den Ferien ein Märchen geschrieben (siehe Anhang). Sie fühlt sich zugehörig, unterstützt, verändert, gereift, verwandelt: vom hässlichen Entlein zum selbst-bewussten Schwan. Der »wunde Punkt« ist weiterhin die Beziehung zu ihren Kindern. Es geht nun nicht mehr um Schuld. Sie fühlt den Schmerz über soviel ungelebtes Leben, sowohl während des Zusammenlebens

156

in der Familie als auch in der Zeit danach. Die Klientin sehnt sich nach lebendigem Kontakt zu ihren Kindern. Sie glaubt, sich nicht verständlich machen zu können.

Im Märchen steht doch alles, sagt Diane. Die Klientin hatte es ihr vorgelesen.

12/2000

Ärger.

Es spielen mit: der Hausmeister, die Schulleiterin, die Klientin. Der Hausmeister hat sich bei der Schulleiterin über die Klientin beschwert. Die Klientin war unfreundlich. Ärger über den Petzer, das Weichei, die Memme, die Zimperliese, die Harmonie-Mami, über die Zurechtweisung der Schulleiterin: Sie sind sehr direkt. Damit können einige nicht umgehen.

Diane »neutralisiert« die Angst der Klientin, nicht mehr dazu zu gehören, ausgeschlossen zu werden, weil sie ist, wie sie ist. Direkt sein kann sehr belebend sein, sagt sie. Harmoniestreben koppelt Gefühle aus.

Ein inneres Bild: Die kleine, hopsende, unbekümmerte Marie. Dazu ein innerer, sicherer Platz: Vater, Mutter, Kind, Rosenduft, Schutz.

Weihnachten 2000 erlebt die Klientin weitgehend bewusst in ihrer sicheren Isolation. Niemand darf wissen, dass sie einsam ist und sich nach Familie sehnt. Dafür, dass es so ist, schämt sie sich. Für einen kurzen Moment vergisst sie ihre Angst vor Kontakt: Das Enkelkind, ein Sonnenschein – selbst wenn es schreit – überstrahlt alles, was schwer ist an diesem Familienfest Weihnachten.

1/2001

Da steht eine Stellwand mit Notizen zum Thema Bindung: Bindung an Partner, Freunde, Familie. Retter: Couch, Therapeut, Supervision.

Das scheint für die Klientin gemacht: Wo sind ihre Retter? Ihre Träume zeigen: Sie funktioniert und ist alleine – ohne nahe Verbindung. Das war und ist ihre Realität. Sie kam immer zu spät – und hat sie wirklich mal mitbekommen, dass es »etwas gibt«, dann war nichts mehr da. Darauf folgte eine tiefe Beschämung – und Trotz: Ich frage nie mehr und ich will nichts mehr brauchen – für den Preis, allein zu sein, unglücklich und frustriert.

Wie fühlt sich das an? Wie ein Eisenbalken in der Brust. Er sagt: Ich bin ein stählerner Klotz. Da geht nichts durch.

Erstaunlicher weise wird er dann doch weich. Durch den Atem!

Diane fragt: Was ist hier bei uns? Die Klientin nimmt kaum Kontakt auf. Scham hindert sie daran. Sie fühlt sich auch undurchdringlich, unauflösbar an. Dann folgt der Trotz: Dann eben nicht! So macht sie das! Sie nimmt Angebote nicht an! Wo sind die, die dich mögen? Nicht zu finden. Im Niemandsland. Und hier, ganz in der Nähe? Achso! Ja, könnte sein.

Der Glaubenssatz ist alt, wirkt immer noch: Mich liebt niemand, meine Mutter war schlecht und ich bin schlecht. Ihr werdet es merken, wenn ihr mich kennen lernt. Diane streckt ihre Hand aus, die die Klientin erleichtert annimmt.

2/2001

Supervision: Die Klientin ist schulmüde; anspruchs- und verteidigungs-müde; Noten- und Zeugnisse- und Elternsprechtags- und Elternabend- und Klassenfahrt- und Konferenz- und Gutachten- und zwei Sportklassen-nehmen-und-dafür-Verständnis-haben- m ü d e. Ausgelöst durch mangelnde Anerkennung und Unterstützung, zu hohe eigene Ansprüche und Überforderung. Ihr Leben besteht zu neunzig Prozent aus Beruf – ein nicht mehr erträgliches Ungleichgewicht.

Die kleine Marie hält weiterhin unerschütterlich an ihrem unsichtbaren Mal fest: Du bist schlecht – wie deine Mutter.

Was kannst du dem kleinen Kind sagen? Keine Ahnung! Dann vielleicht: Ich bin da. Alle sind weg gegangen. Ich bin da. Und damit zeigen: Ich mag dich. Ich liebe dich. Du bist wunderbar. Das »Mal« ist grausame Erziehung. Und: Stell dir vor, dass alle, die eine gute Meinung von dir haben, hinter dir stehen und dir den Rücken stärken.

Diese Sätze wirken nach. Allen Einwänden und Widersprüchen zum Trotz: Ich bin da. Ich bleibe. Bleibe.

3/2001

Und wieder ein Wunder – trotz vorheriger Panik, Hinschmeiß- und Weglaufimpulsen, Zähneklappern, Zweifeln, Widerständen: Der Elternabend war gut. Die Lehrerin konnte sprechen, den roten Faden vermitteln, sogar lebendig und unterhaltsam sein, mit heißen Wangen und ansonsten nach außen ganz »normal«.

5/2001

Zum guten Schluss: Der Scheiße-Traum: Die Klientin läuft mit einem Gerät – wie ein großer Sonnenschirm-Ständer oder Eisstockwurfgerät – voll Scheiße herum und sucht einen Platz, um die Scheiße loszuwerden. Sie ist nämlich »reif« und lässt sich weg kippen. Auf der Suche nach einem geeigneten Platz muss sie durch Wasser waten und durch Matsch laufen. An einem, besser: in einen Baum, auf Sichthöhe, kippt sie die Scheiße aus und ist zufrieden darüber. So einfach ist das! Zu ihrer Verwunderung sieht die Träumende, dass sich aus der Scheiße mittelgroße Tiere bilden, die sich bewegen, lebendig werden und dann weg laufen. Die Klientin sieht deutlich einen ungepflegten, etwas struppigen Hund und einen Seelöwen. Ein salamander- oder krokodilartiges Tier, etwas ungelenk und unwirklich, macht der Klientin Angst. Es krabbelt auch weg. Ein viertes, nicht genau erkennbares Tier ebenfalls. Die Klientin geht mit dem leeren Gefäß zurück und muss wieder Schlamm und Wasser überwinden. Sie fühlt sich erleichtert. Sie ist alleine, weiß aber offensichtlich, wohin sie will.

Endlich die ganze Scheiße wegkippen, weil sie nun »reif« ist! Sowohl die ganze Kinderkacke, aber auch die Schulkacke. Und die Kacke wird lebendig und wird somit frei.

5/2001

Thema: Sehnsucht nach Bindung: Die äußeren Beziehungskreise sind da. Der innere Kreis ist ohne »Anbindung«. Was hindert dich, aktiv zu sein? Die Scham, etwas zu wollen und dann zu hören: Es ist nichts mehr da. Es kommt kein Tier für die Scham. Frage das Nichts, warum es da ist. Es sagt. Die Scham ist vorbei. Kann das wirklich wahr sein? Es ist wahr! Wie wird sich das zeigen? Es zeigt sich schon. Die Klientin spürt einen Anflug von möglicher Gleichwertigkeit auf der Suche nach Anbindung im inneren Beziehungskreis.

Drei Jahre später ist es soweit.

Eine Liebes-Erklärung für heute:
Ich liebe mich, mit den Falten, die ich schon habe und neu entdecke.
Ich liebe mich, wenn ich müde und trübe aussehe.
Ich liebe mich, wenn mir mein Gesicht weh tut und ich mich vor Augenkontakt fürchte.
Ich liebe mich, wenn ich höre: Du siehst schlecht aus.
Ich liebe mich, wenn ich mich beschwert und traurig fühle.
Ich liebe mich für Mittelmäßigkeit.
Ich liebe mich, wenn ich mich antreibe.
Ich liebe mich für Gefühle der Angst.
Ich liebe mich für Hoffnungslosigkeiten.
Ich liebe mich für Gefühle tiefer Scham.
Ich liebe mich mit der Trauer und der Schuld, dass ich meine Kinder verlassen habe.

Ausblick

Auf dem langen Weg der Heilung ist die gestärkte Frau in die Jahre gekommen. Sie ist Ende Fünfzig. Die guten Erfahrungen bei Diane und die Entdeckung ihrer Empathie-Gabe haben sie darin neu bestärkt, sich noch einmal um eine Kinder-Gestalt-Therapie-Ausbildung zu kümmern. Sie sieht sich nach Gestalt-Instituten in der Umgebung um. Sie findet, was sie sucht, in Köln-Süd. Trotz ihres fortgeschrittenen Alters wird die Aspirantin in das auf fünf Jahre angelegte Projekt Gestalt-Ausbildung aufgenommen.

Sie wird es nicht abschließen. Nach knapp zwei Jahren stellt sich heraus, dass sie sich gesundheitlich übernommen hat. Die Frau lernt, ihre Grenzen zu akzeptieren und auch, dass ein Rück-Schritt kein falscher Schritt sein muss.

Sie verabschiedet sich von der Idee, dass sie auf dem Weg zu ihrem Lieblingsberuf nicht zum Ziel gekommen ist. Sie erklärt vor sich selbst ihren derzeitigen Beruf als Lehrerin zu ihrem Traumberuf. Und sie setzt dort weiterhin um, was sie bei dieser und bei vielen anderen Fortbildungen gelernt hat: eine »gute Lehrerin« zu sein u n d sich zu trauen, im Umgang mit Kindern in einem authentischen Kontakt zu sein und die Einzigartigkeit eines jeden Kindes in der Lerngruppe zu würdigen und sich um die Gruppendynamik im Klassenraum zu kümmern.

Das ist nicht wenig.
Das ist viel!

DIE NEUE ZEIT

Die Oma Marie

Sie sitzen zu dritt in einem Cafe in Berlin. Der Sohn erwartet begründeter Weise eine emotionale Reaktion der Mutter und bittet sie: Schrei bitte nicht! Er erklärt etwas umständlich, dass die Mutter demnächst Oma wird. Ihr entfährt dann doch ein hoher Ton und es treten ihr Tränen in die Augen.

Sie darf das winzige, wunderschöne, neugeborene Kind tragen und hat Angst, dass sie stolpern könnte.

Als die Kleine laufen lernt, sieht sich die Oma selbst als kleines Mädchen eilig und geschäftig herum springen. Das lebhafte, hübsche Gesicht mit dem hellen Lockenschopf erinnert die Oma an die kleine, lebenslustige, sprühende Marie. Dieses Kind ist ein ganz besonderes Enkelkind.

Ein Junge wird zwei Jahre später geboren. Der Begrüßungs-Besuch der Oma ist kurz.

Ihre Besuche werden immer seltener.

Der Sohn hat sich als Vater erneut von der Mutter entfernt. Die Liebe zu seinen eigenen Kindern erweckt Distanz und Unverständnis der Mutter gegenüber. Wie konnte sie ihre Kinder verlassen!

Eines Tages hat sich der Sohn bei der Mutter angekündigt. Er kommt wirklich. Morgen. Die Mutter ist sehr beunruhigt. Der alte Glaubenssatz »Ich bin nicht würdig«, meldet sich. Draußen ist ein kalter Frühlingstag. Der Besuch wird zu einem erfreulichen, glücklichen

Ereignis. Fünf Menschen – drei Erwachsene und zwei Kinder – traben von der Bushaltestelle Nummer 510 an den Rhein, als sei dies das natürlichste von der Welt. Dabei ist es eine Sensation. Der kurze Gang lockert auf. Kurze Sätze springen hin und her. In dem erstaunt-verschmitzten Gesicht der Enkelin blitzt die Erinnerung an Oma Marie auf. Es liegen eineinhalb Jahre zwischen gestern und heute. Ein Blick auf den Rhein vom Mäuerchen aus. In den vier Wänden ist alles bereit zum Spielen, Lesen, Malen, Kakao trinken. Es ist Zeit bis zum Mittagessen beim Opa. Es gibt keinen Anlass mehr, diese Zeit abzukürzen. Wenn beide Kinder in sich versunken sind, ist sogar ein kurzes Gespräch zwischen Mutter und Sohn möglich. Zum Schluss gibt es doch noch Fotos, die keiner vorher im Sinn hatte. Es findet sich ein Kinderbuch, das beide Kinder anzieht. Sie hören bis zum Schluss aufmerksam zu: Das Mädchen rechts, der Junge links. In der Mitte die vorlesende Oma. Zwei Stunden Kontakt gegen die Hoffnungslosigkeit.

Jeder Tag
gibt Grund zu neuem Dank.
Gib diesem Dank Raum
und du wirst sehen,
wie sich Freude ausbreitet.

Die gereifte Frau

Die »erwachsene« Frau war lange eine Expertin im Sich-verstecken und auch im Beschönigen: Es war »nicht so schlimm« oder: Das »kann doch nicht wahr sein!« Das waren ihre Glaubenssätze.

W a h r ist: Es w a r schlimm! Es war schlimm, dass sie als Kind wort- und lieblos hin und her geschoben worden ist; dass sie die Kinderzeit in Heimen und Pflegestellen ohne positive Bezugspersonen verbracht hat; dass ihr, verlassen und gefährdet im elterlichen Chaos auf einer einsamen Wiese, wahrscheinlich von ihrem Stiefvater sexuelle Gewalt angetan worden ist; dass sie sich für ihre »schlimme« Mutter unendlich geschämt hat.

Und es war schlimm und schrecklich zu realisieren, dass sie sich als junge Mutter von ihren Kindern abgeschnitten hat, dass sie bis zu ihrem Ende darüber traurig sein wird, dass ihre Kinder ihretwegen zu leiden hatten, dass sie nicht bei ihnen war.

Die gereifte Frau sieht rückblickend auch, dass sie trotz lebens-bedrohlichem Start ins Leben, trotz chaotischer Zustände oder religiöser Enge am Leben geblieben ist und schließlich (Über-)Lebenshilfe erfahren hat. Die hilfebedürftige Frau ist seit Mitte ihres Lebens mit viel Unterstützung ihren Weg gegangen – Schritt für Schritt – wie Tranquilla Trampeltreu von Michael Ende.

Sie hatte Glück – oder auch die Gnade – Wegbegleiter-Innen zu treffen, die sie in ihrem Lebensdschungel »an die Hand genommen« haben, durch die sie ihren Weg finden konnte und dabei SICH SELBST, ihre Wahrheit, ihr Leid, ihren Schmerz, ihre Einzigartigkeit, ihre LIEBE.

»Ja, ich will«, hat Eva Maria Zurhorst ihr letztes Kapitel in ihrem Buch »Liebe dich selbst...« überschrieben.

Und dann stehen da Sätze, die die überraschte Leserin auch soeben gespürt hat, ohne eigene Worte dafür finden zu können: »(Es) ändert sich alles, wenn Sie bereit sind, sich ehrlich anzuschauen. Wenn Sie bereit sind, die eigene Wahrheit zu z e i g e n und auszusprechen. Wenn Sie lernen, die eigenen Schmerzen nicht länger zu verdrängen, sondern anzunehmen. Wenn Sie beginnen, sich und anderen (scheinbare) Fehler zu verzeihen. Wenn Sie bereit sind, Urteile und Bewertungen aufzugeben... Wenn Sie bereit sind, auf Ihre innere Stimme und auf Führung zu vertrauen... Dann entdecken Sie endlich... ihren Lebenssinn.« (S.369)

Heil- und Kraftquellen

Der gereiften Frau haben sich neue Türen geöffnet. Sie hat für sich Heil- und Kraftquellen und -orte gefunden. Zum Beispiel:

die asiatische Heilkunst JIN SHIN JYUTSU nach Jiro Murai. »Es ist die Kunst des Menschen, sich und andere (durch die Kraft der Hände) mit dem Göttlichen in Einklang zu bringen« (Friedl Weber) und eine wunderbare, wohltuende Ergänzung zur Schulmedizin;

die SEDONA-Methode, ein einfaches, geniales Training zum Loslassen von emotionalem Ballast nach Lester Levinson. Das »Releasen« führt zu innerem Frieden und zum ursprünglichen ICH BIN;

die vielseitige KÖRPERLICHE BEWEGUNG, die Körper/Seele/Geist gleichermaßen bewegt und beruhigt;

die Konzentration auf den AUGENBLICK, auf den ATEM;

die ÖFFNUNG FÜR NEUE BEGEGNUNGEN und Erfahrungen mit gleich gesinnten Menschen in einem die Generationen übergreifenden Wohnprojekt;

DIE NATUR im Allgemeinen und ganz speziell die Nordsee, der Bodensee und immer wieder der FLIESSENDE RHEIN vor ihrer Tür: Er ist jeden Tag anders. Mal still, mal gesprächig – und jeden Tag ansprechbar.

Von ihm hat die Frau das Fließen gelernt. Er fließt mal ruhig, mal mit Tempo, mal mit Gepäck aus dem Unterrhein und den Zuflüssen, mal wie ein dunkel-brauner, aufgewühlter Strom, mal klar und zielstrebig – und er ist immer derselbe. Hinter dem Rhein wellt sich das liebliche Siebengebirge mit immer neuem Horizont. Und hinter dem Horizont beginnt das Universum, der Ursprung des Seins und des Göttlichen. Am Rhein bewegt sich die Frau innerlich und äußerlich: Sie walkt oder joggt oder guckt oder spricht oder schweigt.

Endlich ankommen – sich auf den Grund kommen

So gibt es Momente, in denen die gereifte Frau glaubt,
endlich bei sich selbst anzukommen,
endlich zu verstehen, zu wissen, zu f ü h l e n:
Es gab und gibt Grund, s o zu sein.
Endlich kann sie sich selbst auf den Grund sehen, den Grund, die Gründe für ihr So-Sein erkennen.

Endlich kann sie f ü h l e n, dass dieser Grund, diese Gründe keine andere Wahl zuließen, keiner Rechtfertigung bedürfen.

Bei Lukas Moeller liest sich das so:

»Wenn ich mir oder jemand anders etwas vorwerfe, gehe ich noch davon aus, dass ich oder der andere es besser machen könne. Bei narzisstischen Schäden, bei inneren Defekten, bei Mangelzuständen ist aber nichts mehr durch besseres Handeln, durch besseres Benehmen sozusagen, zu verbessern. Vielmehr geht es darum, das Elend, die Ohnmacht auszuhalten und auszutrauern. Nur so können sie vernarben.« (S.54/55)

Aushalten und austrauern. Das gilt für die Frau und für ihre beiden Kinder – und hoffentlich nicht mehr für deren Kinder!

Stellen Sie sich einen Zeitsprung vor, sagt einmal die Ärztin: Betrachten Sie sich zehn Jahre später. Was raten Sie der Frau, die hier sitzt, in Bezug auf den Kontakt zu ihren Kindern?

Zunächst: Erstaunen über diese Idee.

Dann: Die weise alte Frau sagt: Lass den Kindern Zeit.

169

Es entwickelt sich etwas. Achte auf die Spielräume. Sei ruhig und freundlich. Dein Gefühl stimmt: Es geht nicht ohne Würde.

Später betrachtet die Frau diese Worte von allen Seiten und sie findet: Da wurde soeben ein Schatz gegraben.

Es entwickelt sich! Darauf vertrauen, dass sich etwas Gutes, Heilsames, Verbindendes entwickelt! Auch im Verborgenen, unbemerkt, nach den Gesetzen des Wandels.

Trotz tiefster Enttäuschung, großer Fehler, heftiger Ablehnung – trotzdem auf Heilung, Begegnung, auf heilende Begegnung vertrauen! Die Generationenkette – das Leben der Frau und ihrer Eltern, der Kinder der Frau und dann später deren Kinder – ist auf Heilung und Liebe ausgerichtet, wenn alle das wollen. Denn alles steht in einem großen Zusammenhang und hat seinen Sinn.

170

Lebensgefühl heute

Die Frau empfindet sich heute als zufriedenen, gesunden, sinnlichen, sportlichen, vor allem liebenden Menschen. Die Schwierigkeiten des Lebens sind nicht mehr so voller Dramatik und innerer Not wie früher. Auch auftretende »Rest-Neurosen« lassen sich ruhiger lösen. Sie hat von sich selbst ein »gutes Bild«. Im Umgang mit den Menschen, die zu ihr gehören, erlebt sie sich als zuverlässig, ehrlich, spontan, aktiv.

Ihr persönliches Schicksal betrachtet die gereifte Frau auch als persönliche Lebensaufgabe. Sie glaubt, dass jeder Mensch seinen eigenen Lebenssinn, seine ureigene Lebensaufgabe hat, die mit seiner Lebenssituation zu tun hat.

Für sie persönlich heißt das: Ihr ursprüngliches Selbst, das ihr weg gemacht worden ist, ihre ursprüngliche LIEBE wieder zu finden – und auch alles das, was sie sonst noch ausmacht: ihre Lebendigkeit, Spontaneität, Kreativität, Musikalität, ihre Naturverbundenheit, ihre Bewegungsfreude, ihre Intuition, ihre Empathie, ihre soziale Kompetenz, ihre Kommunikationsfähigkeit, ihr Interesse an Menschen. Dazu gehört, ihr ganzes Leben so zu sehen, wie es wirklich war und ist: nämlich von Anfang an lebens-bedrohlich, mit der glücklichen Wende einer allmählichen Heilung.

Wünsche/Träume

Ihr größter Wunsch ist es, eine »Normalität« im Umgang mit ihren Kindern erschaffen zu können. Das würde sie gerne noch erleben. Aus ihrem positiven Grundgefühl heraus und aus einem Glauben an die Liebe als eine die Welt bewegende und zusammenhaltende Energie kann sie sich ALLES vorstellen und ist immer noch offen für Wunder.

In greifbare Nähe gerückt ist die über einige Jahre gereifte Vorstellung, in einer Wohn-Gemeinschaft mit Jungen und Alten, Familien und Kindern zusammen zu wohnen und zu leben. Der Bonner Verein »Wahlverwandtschaften« verfolgt seit etwa zehn Jahren diese Idee und hat bereits ein viel beachtetes Wohnprojekt in der Bonner Innenstadt realisiert. Das nächste Projekt entsteht gerade im Wunsch-Stadtteil der Autorin am Rhein. Hier wird sie Ende 2010 eine kleine Wohnung beziehen und in lebendiger Wahlverwandtschaft mit sehr unterschiedlichen, aber gleich gesinnten Menschen zusammenleben.

Ein großer Traum ist es, zu den großen Tieren in der freien Natur, nach Afrika, zu reisen, sie zu sehen, zu beobachten, zu erleben.

Trotz aller bisherigen Erfahrungen wünscht sich die Autorin einen respektvollen, annehmenden Umgang mit ihrer Halbschwester Inge, der einzigen nahen Verwandten aus ihrer Ursprungsfamilie.

Ein Traum ist es, noch einmal »richtig« zu heiraten; ein schönes, fröhliches Hochzeits-Fest zu feiern, aus LIEBE – aus einem Gefühl von Vertrauen und tiefer Verbundenheit.

Religion, Spiritualität, Gedanken über Sterben und Tod

Konfessionell wurde das Kind Marie römisch-katholisch verbogen.

Nach Kirchenaustritt und Neuorientierung in der Evangelischen Kirche ist der Frau heute die religiöse Gemeinschaft genau so wichtig wie die eigene, ganz persönliche spirituelle Entwicklung. Heute schaut sie über den Tellerrand der christlichen Kirchen und empfindet Toleranz gegenüber anderen Religionen. Jeder Alleinvertretungsanspruch macht sie misstrauisch.

MEIN GOTT MEIN GLÜCK ist der Titel eines Buches von Peter Rosien. In vielen seiner persönlichen Glaubensgedanken findet sich die Frau wieder; vor allem in dem – in Variationen immer wieder kehrenden – Satz: »Ich erfahre Gott als allzeit gegenwärtiges Geheimnis, das mich in grundloser Liebe umgibt.« Wunderbar!

Begraben werden möchte die Frau nahe am Rhein; konkret im Carstanjen-Mausoleum in Plittersdorf. Es ist ein würdiger, eindrucksvoller, 2008 durch die Rheinviertel-Stiftung wieder aufwändig restaurierter Ruhe-Ort – mit Rhein-Blick. Er wird auch ihren Kindern »gefallen«. Vor einiger Zeit hat sie sich an diesem letzten Ort einen Platz sichern können, indem sie ihn sozusagen im Voraus angemietet hat.

Sie möchte alles Wichtige geklärt haben für eine einfache »Übergabe«, wie zum Beispiel geordnete Papiere und Finanzen, ein entrümpeltes Zuhause, eine aktuelle Patientenverfügung.

174

Das Sterben hat für sie eine Parallele zum Geborenwerden. Es ist ein Übergang in eine andere »Welt«, der jeweils auf schmerzliche Art und Weise vor sich geht; denn auf beiden Wegen ist jeder Mensch alleine: Der kleine neue Mensch und der sterbende Mensch werden in etwas Neues, Unbekanntes, Angsteinflößendes gestoßen.

Die Ansicht über ein Weiterleben nach dem Tode kann die Frau nicht im christlich verstandenen Sinne teilen. Gott ist für sie universelle, liebende Energie, so wie für uns Menschen die Liebe die stärkste Kraft ist.

Es bleiben GLAUBE, HOFFNUNG, LIEBE. Diese drei. Das Größte aber ist die LIEBE. Hier und Jetzt und »auf der anderen Seite«.

Lebenslanges Lernen

Der Wendepunkt im Leben der Frau und Patientin ereignete sich vor etwa 20 Jahren mit dem beschriebenen Klinikaufenthalt. Dies ist der Anfang einer Zeit der Heilung, der Suche nach dem eigenen Grund, dem Lebenssinn und einer Zeit der großen und kleinen Wunder.

Auf diesem Weg kommt die Frau ihrer ursprünglichen Liebe und Liebesfähigkeit auf die Spur.

Sie erfährt die LIEBE als stärkste innere Kraft: in Bezug auf ihre eigenen Kinder, auf die Menschen, die zu ihr gehören, auf die Kinder in ihren Klassen, in Bezug auf die Themen ihres Lebens.

Sie lernt Gott-Vertrauen: Sie konvertiert, wird evangelische Religionslehrerin und empfindet ihre Religiosität universell und spirituell.

Sie spürt Selbst-Vertrauen und kann Mit-Menschen vertrauen.

Sie wird auf-richtig sich selbst und anderen gegenüber.

Sie entdeckt, dass Kommunikation und Kontakt Schätze des Umgangs miteinander sind.

Sie öffnet sich für ehrliche Freundschaften. Sie bekommen eine neue, lebendige, anregende, verbindende Qualität.

Sie lernt Offenheit und Klarheit in schwierigen beruflichen Gesprächen.

Sie bildet sich fort nach dem Prinzip des lebenslangen Lernens: psychologisch-therapeutisch, musikalisch, sportlich, pädagogisch-ganzheitlich.

Sie lernt, ihre erwachsenen Kinder so anzunehmen und von Herzen zu lieben, wie sie sind, mit i h r e m So-Sein, in ihrer wunderbaren Einzigartigkeit.

Sie erfährt ihre Freizügigkeit und erkennt, dass sie etwas Kostbares zu verschenken hat: ihre Zeit und Anwesenheit. Sie besucht mit ihrer Gitarre Alte und Kranke und findet darin eine neue Bereicherung für sich selbst.

Sie lernt, sich selbst auf den Grund zu kommen, zu sich »nach Hause« zu kommen.

Sie erkennt, dass sich alle »Heils-Lehren« – wie auch das Christentum, der Buddhismus, ganzheitliche Therapien und Methoden – dort wieder finden, wo es um das Wesentliche geht: um den Wesenskern eines jeden Lebewesens, den jeder und jede in sich trägt und der LIEBE und FRIEDEN ist. Unsere Aufgabe im Leben ist es, dieser Liebe auf die Spur zu kommen. Sie durch die Gefühle von Apathie, Trauer, Angst, Wut auf unserem Grund wieder zu finden.

Die in jedem wohnende Liebe verbindet alle Menschen-Seelen zu einer Ur-Seele. Als diese liebenden Seelen-Wesen werden wir uns im Ursprung allen Seins neu erkennen.

Danken

Das Dank-Gefühl ist – nach dem Verzeihen – die gesundmachendste Emotion, die wir kennen. (Platz drei ist das Lachen).
Danken stärkt das Immunsystem.

Ein Dank-ABC:

A atmen, Amseln am Abend

B Betty, Brigitte, Berge, Bindung, Bewegung

C, D Dani, Diane

E Ellen

F Frieden, FreundInnen, Fahrrad fahren, F.

G Göttliches, Gesundheit, Gitarre

H Heilung, Heimat in Bonn, in mir

I, J Jahreszeiten

K Kinder, Kraft, »mein Kirschbaum«

L Liebe, Lachen, Lebensfreude, lebenslang lernen

M Mama, Musik, Meer,

N Natur

O, P Papa

Qu, R der Rhein, reifen, »Reichtum«

S Singen, Sonne, Sprache, Selbst(be)achtung

T Träume, Tatkraft

U unendliches Universum

V, W Wunder, Wasser, Wärme, Worte, Wangerooge

Z Zeit für Wesentliches

Dankgebet - an »meinem Mäuerchen« am Rhein
Ich danke
VATER RHEIN, dass ich von ihm
das Fließen gelernt habe und
MUTTER ERDE, dass sie mich trägt
und nährt an Leib und Seele.

Ich danke
MAMA, die mir Spontaneität,
Natürlichkeit, Kampfgeist,
Sprachbegabung mitgegeben hat und
PAPA, von dem ich mein Mitgefühl
habe, meine Empfindsamkeit und
Herzlichkeit.

Ich danke
DEM HIMMEL
für meine Kinder, meinen
SOHN und meine
TOCHTER,
die ich von Herzen liebe.

Ich danke
GOTT und GÖTTIN
für Heilung, Liebe, Kraft, Lebensfreude,
Selbst- und Gottvertrauen, für Segen.

Ich bin gesegnet und
WILL SELBST EIN SEGEN SEIN
für meine Kinder und Enkelkinder,
und für alle, die zu meinem Leben gehören.

Literaturverzeichnis, kurz kommentiert:

Besems, Thijs, van Vugt, Gerry: Wo Worte nicht reichen. Kösel, München 1990; *Therapiebeispiele mit Inzestbetroffenen; hier auch ein Kapitel: Lieder helfen weiter*

Bettelheim, Bruno: Ein Leben für Kinder. Büchergilde Gutenberg 1987; *pädagogisch lehrreich, klärend, wohltuend als Erziehungshandbuch*

Bode, Sabine: Die vergessene Generation. Die Kriegskinder brechen ihr Schweigen; Piper, München 2005

Bradshaw, John: Das Kind in uns. Knaur 1992; *intensivst, sehr speziell wird die Arbeit mit dem inneren Kind dargestellt, Therapeut B. bringt eigenen Erfahrungshintergrund mit ein; nicht einfach, alleine mit dem Buch zu arbeiten*

Coelho, Paulo: Der Zahir. Diogenes, Zürich 2005; *ein Mann auf der Suche nach seiner Frau, sich selbst, der wahren, bedingungslosen Liebe; weise, Weg weisend*

Dahlke, Rüdiger: Habakuck und Hibbelig. Oesch, Zürich 1986; *herrlich erfrischend zu lesen, eine märchenhafte, originelle, humor- und fantasievolle, wunderschöne Geschichte über eine »Reise zum Selbst«*

Dirks, Liane: Die liebe Angst. Rohwohlt, Hamburg 1989, Roman; *anrührend, witzig, traurig, poetisch; Mutter wird durch ihr Schweigen zur Komplizin*

Doubrawa, Erhard: Die Seele berühren. Peter Hammer, Wuppertal 2002; *berührende, spannende Erzählungen aus der praktischen Gestalttherapie*

Doubrawa, Erhard/Blankertz, Stefan: Einladung zur Gestalttherapie. Peter Hammer, Wuppertal 2000; *eine Einführung der besonderen, persönlichen Art in die Gestalttherapie*

Dwoskin, Hale: Die Sedona-Methode. VAK Kirchzarten 2006; *eine detaillierte Einführung in die Sedona-Methode; eine wirkungsvolle, einfache, spirituelle Art und Weise, das Loslassen von Ballast Körper/Seele/Geist-Ebene zu trainieren*

Fraser, Sylvia: Meines Vaters Haus. Claassen, Düsseldorf 1988; *ein autobiografischer Roman, ergreifend geschrieben*

Glade-Hassenmüller, Heidi: Gute Nacht Zuckerpüppchen. Büchergilde Gutenberg 1992; *eine authentische Geschichte über jahrelang erlittene sexuelle Gewalt*

Liedloff, Jean: Auf der Suche nach dem verlorenen Glück. C.H.Beck 1981; *Plädoyer für eine natürliche Erziehung entsprechend der kindlichen Bedürfnisse und gegen angsterzeugende Erziehung unserer »Zivilisation«*

Marques, Gabriel Garcia: Erinnerung an meine traurigen Huren. Kiepenheuer & Witsch 2004; *anrührende Liebesgeschichte in Form eines Berichtes*

Moos, Lisa: Das erste Mal und immer wieder. Schwarz-kopf, Berlin 2005; *zum Teil sehr direkte autobiografische Schilderung einer Prostituierten*

Lison, Karen/Poston, Carol: Weiterleben nach dem Inzest. Hoffmann und Campe, Hamburg 1989; *Thema Traumabewältigung, Stichworte: Scham, gestörte Intimität, Selbstbeschädigung, mangelnder Schutz, Warten auf etwas Furchtbares, der Stress in sozialen Kontakten, mit Männern, Macht kontra Ohnmacht, Körper weiß alles, Heilung ist möglich*

Miller, Alice: Das Drama des begabten Kindes. Suhrkamp 1979; *grundlegend zum Thema Angst*

Miller, Alice: Du sollst nicht merken. Suhrkamp 1983; *Du sollst nicht merken, was dir angetan wurde – zum Beispiel: sexuelle Gewalt*

Miller, Alice: Am Anfang war Erziehung. Suhrkamp 1983; *über die verheerenden Folgen von Erziehung – zum Beispiel über die Kindheit von Hitler und Jürgen Bartsch*

Moeller, Lukas: Die Liebe ist ein Kind der Freiheit. Rowohlt 1990; *über die Kunst, sich in der Liebe frei zu lassen und sich aus Freiheit zu binden*

Moggach, Deborah: Rot vor Scham. Rowohlt 1989; *Roman um Schuld- und Schamgefühle nach Inzest*

Nhat Hanh, Thich: Ich pflanze ein Lächeln. Goldmann

1992; *wohltuend, Frieden kehrt schon beim Lesen ein, zum Beispiel bei dem Satz: Hallo Angst, da bist du ja wieder!*

Reddemann, Luise: Imagination als heilsame Kraft. Pfeiffer bei Klett-Cotta, Stuttgart 2001; *reiche Sammlung von Imaginationsübungen, mit CD*

Richter, Horst-Eberhard: Eltern, Kind und Neurose. Rowohlt 1969; *grundlegend zur Rolle des Kindes in der Familie*

Riemann, Fritz, Grundformen der Angst. Ernst Reinhardt, München 1961; *eine tiefenpsychologische Studie über Ängste und ihre Überwindung; grundlegend, immer noch ein Standard-Werk zum Thema Angst*

Seggelke, Ute Karen: 60 Jahre und ein bisschen weiser. Gerstenberg Verlag, Hildesheim 2008; *Interviews mit 21 Frauen über 60. Die Themenkreise: Lebensgefühl heute, Beruf, Prägungen, Wichtige Lebensstationen, Familie/Beziehung/Partner/Freunde, Älterwerden des Körpers, Erotik/ Sexualität, Wünsche/Träume, Lebenssinn/Aufgaben/ Ziele, Religion/Spiritualität, Gedanken über Sterben und Tod, Resümee*

Tolle, Eckhart: Eine neue Erde. Goldmann/Arkana 2005; *eine Offenbarung für Einsteiger und wahrscheinlich auch für »fortgeschritten Erleuchtete«*

Weber, Friedl: Jin Shin Jyutsu. Selbstverlag Bonn/ Rheinbach 2007; *einladend, zur sofortigen Anwendung, manchmal mit sofortiger Wirkung, philosophisch-spirituelle Hinter-Gründe, anregend durch Fotos und Skizzen und flotte Sprache; Hände und Füße sind immer »zur Hand«*

Wensierski, Peter: Schläge im Namen des Herrn – Die verdrängte Geschichte der Heimkinder in der Bundesrepublik. dva München 2006; *bedrückend und erlösend zugleich (Ich bin nicht alleine damit)*

Zurhorst, Eva-Maria: Liebe dich selbst – und es ist egal, wen du heiratest. München 2004; *überzeugend, persönlich, volle Sprache (der zweite Teil im Titel weckt Abwehr und ist auch unnötig)*

Anhang

Brief an den Vater, vom 10.6.1988

Lieber (Vorname, Name)!

Es ist schon eine merkwürdige Anrede, aber schließlich sind wir uns ja auch sehr fremd, obschon ich Ihren Namen getragen habe und Sie mein leiblicher Vater sind…

Ich weiß, dass Sie noch öfter Vater geworden sind aber auch, dass ich Ihr erstes Kind bin.

Mir lässt es keine Ruhe, dass es einen Vater gibt, den ich nicht kenne, obwohl ich ihm für eine kurze Zeit in meinem Leben sehr nahe war, ihm die natürliche kindliche Zuneigung entgegen gebracht habe und der den Anfang meines Kinderlebens erlebt hat und etwas über diesen Lebensanfang weiß. Darüber würde ich gerne etwas von Ihnen erfahren.

Die Jahre 1943/44 waren ja eine wirre, schlimme, kriegerische Zeit; die Jahre danach waren nicht viel besser. Ich stelle mir vor, dass der Kampf ums Überleben und Existenznöte überall an erster Stelle standen. Gab es im allgemeinen Drunter und Drüber trotzdem noch Gelegenheit, eine gerade geborene kleine Tochter wahrzunehmen?

Da ich selbst fast keine positive Erinnerungen an meine Kindheit habe, suche ich Zurzeit nach erfreulichen Erlebnissen aus der Kinderzeit. Der Grund dafür liegt darin: In den letzten Jahren ging es mir gesundheitlich so schlecht, dass ich in einer psychosomatischen Klinik behandelt werden musste…

Im Moment geht es mir wieder viel besser und nach den Sommerferien werde ich stundenweise wieder arbeiten.

Während der Therapie bin ich auf verschiedene Gründe für meine Ängste gestoßen. Ich hatte die Schmerzen meiner Kindheit immer verdrängt, bis sie sich körperlich Luft machten. In den vierundvierzig langen Jahren meines bisherigen Lebens bin ich immer noch nicht erwachsen geworden; habe mich als Waise gefühlt – die ich ja tatsächlich nie war und auch heute bin ich nicht ohne Vater und Mutter.

Irmgard habe ich nach langen Jahren in Dortmund besucht – und seit dem höre ich auf, meine Mutter zu »suchen«, sondern lebe mit der Wahrheit.

Heute weiß ich, dass trotz aller seelischen Schmerzen kein Mensch seine eigenen Eltern oder seine eigenen Kinder »im Herzen« verlassen kann – auch wenn es in Wirklichkeit passiert ist. Ich habe das eine erlebt und das andere getan. Beides blieb unverarbeitet. Ich selbst bin fast elternlos aufgewachsen. Und als meine Kinder zehn und sieben Jahre alt waren, habe ich sie verlassen. Ich spüre immer noch den großen Schmerz der Trennung und die große Zuneigung zu meinen Kindern. An meinem eigenen Beispiel lernte ich, meiner Mutter und meinem Vater zu verzeihen. Sie schafften es damals ja auch nicht, zusammen zu bleiben und damit ihrem Kind das zu geben, was es brauchte.

Sie haben ein kleines, aber ein sehr wichtiges Stück Kindheit von mir mitbekommen. Ich erinnere mich, dass Sie mir und meiner Schwester nach einem Besuch bei Ihnen einen wunderschönen, bunten Blechring geschenkt haben. Wissen Sie das noch?

Ich hoffe, Sie haben den Eindruck gewonnen, dass ich mich nicht in Ihr Leben einmischen will, sondern den Wunsch habe, gesund zu werden.
Sie könnten mir dabei helfen.
Ich danke Ihnen.

Marie Petry

Ein Märchen – von Marie Petry

Es war einmal, am Anfang eines Sommers, als mitten in der Nacht eine wunderschöne, einzigartige Prinzessin geboren wurde.

Jeder, der dieses liebreizende Geschöpf betrachtete oder in den Armen wiegte, war davon angerührt. Denn diese kleine Prinzessin war mit ganz zarten, goldenen Löckchen auf die Welt gekommen.

Nun war gerade zu dieser Zeit im Königreich ein großer, schlimmer Krieg. Auch der Vater der kleinen Prinzessin musste in den Krieg ziehen und kämpfen und ihre Mutter war sehr krank.

So kam es, dass das kleine Mädchen ohne Mutter und Vater war und niemand es richtig umsorgen und lieb haben konnte – so, wie es eigentlich sein soll. Schließlich wurde das Kind in ein Waisenhaus gebracht, wo es keinen Hunger und Durst mehr leiden musste, aber schreckliches Heimweh hatte.

Als der große, schlimme Krieg endlich zu Ende war, hatten sich Vater und Mutter nicht mehr lieb. So kam es, dass bald ein Stiefvater in das kleine Häuschen am Waldrand einzog, der grob war und oft betrunken nach Hause kam. Das trieb die Mutter aus dem Haus, die oft lange nicht zurückkam.

Nun wurde die kleine Prinzessin wieder ein Waisenkind. Sie musste sehr gehorsam sein, viel beten und viel still sitzen. Das war für die kleine Prinzessin ganz arg, denn sie war außenordentlich temperamentvoll und von

189

Natur aus fröhlich und ein bisschen vorlaut. Das alles durfte sie im strengen Waisenhaus nicht sein.

Auch wenn die kleine Prinzessin ein kluges Kind war, so konnte sie dennoch nicht lernen. Sie wurde sogar dumm und stumm von vielen Stillsitzen und Frommsein. So ging es tagein, tagaus. Und aus der munteren Prinzessin war eine stumme Dummeline geworden.

Nach vielen Sommern und Wintern wurde die unglückliche Prinzessin aus dem Waisenhaus befreit. Ein kinderlos gebliebenes, älteres, frommes und wohlmeinendes Ehepaar nahm sie bei sich auf. Doch die Prinzessin hatte das Fühlen und die Liebe verlernt. Als sie ins heiratsfähige Alter kam, nahm sie einen ihr fremden Prinzen aus einem ihr unbekannten Königreich.

Bald darauf gebar sie einen wunderschönen Sohn und danach eine wunderbare Tochter.

Sie liebte ihre Kinder sehr.

Sie machte dennoch schlimme Fehler, denn sie wusste nichts von ihrem inneren Gefängnis und auch nichts darüber, dass sie ihre Ursprünglichkeit verloren hatte.

So wurde die noch junge Prinzessin sehr krank. Das Schlimmste war, dass sie ihren eigenen, geliebten Kindern keine gute Mutter sein konnte, ja, sie sogar verließ.

Es dauerte viele Sommer und Winter, bis sie an Leib und Seele heilen konnte. Erst dann erkannte sie, dass sie – wie jedes Lebewesen in allen Königreichen – einzigartig und von Natur aus liebenswert ist. Sie wurde sich ihrer Liebe, ihrer Kraft und ihrer selbst bewusst.

Vor allem spürte sie auf neue, tiefe, unerschütterliche Weise ihre Liebe zu ihren beiden wunderbaren Kindern: Das schönste Geschenk des Lebens; aus ihr geboren.

Sommer 2000

Derzeitige Berufstätigkeit:

☐ Arbeiter / Arbeiterin   ☐ Facharbeiter / Facharbeiterin

☒ einfache(r) / mittlere(r) Angestellte(r) / Beamte(r)

☐ höhere(r) Angestellte(r) / Beamte(r)   ☐ Selbständige/r

☐ Hausfrau / Hausmann   ☐ ohne Beruf   ☐ Umschüler/in

☐ arbeitslos / seit wann ....

☐ Rente / Pension   seit wann ....   mit welchem Lebensalter ....

Renten - Antrag gestellt   .... (Datum)

Renten - Antrag geplant   ☐

Herkunftsfamilie (soweit Ihnen bekannt)

	Alter	Beruf	Familien-stand	krank ? (woran ?)	Trennung / Scheidung (Jahr ?)	falls verstorben, Todesursache, welches Jahr
Mutter						*1989*
Vater						*1988*
Großmutter (mütterlicherseits)		*Familie: unbekannt*				
Großvater (mütterlicherseits)						
Großmutter (väterlicherseits)						
Großvater (väterlicherseits)						
Geschwister:						

VOLKSSCHULE _Overhagen_

Kreis _Lippstadt_

Schuljahr 19 _52/53_   Klasse _I? 4/9_   _1._ Halbjahr

I. FÜHRUNG _ausreichend_   Häuslicher Fleiß _ausreichend_
Beteiligung am Unterricht _gut._   Schulbesuch _regelmäßig_

II. LEISTUNGEN

Religion	Rechnen _ausreichend_
a) Bibl. Geschichte _ausreich._	Raumlehre ....
b) Katechismus _ausreichend_	Englisch ....
Deutsch	Naturkunde ......
a) mündl. Ausdruck _ausreich._	Naturlehre ......
b) Lesen _mangelhaft_	Musik _befriedigend_
c) Aufsatz _mangelhaft_	Zeichnen u. Werken _mangelhaft_
d) Rechtschreiben _mangelhaft_	Weibl. Handarbeiten _mangelhaft_
Heimatkunde _ausreichend_	Schreiben _ausreichend_
Geschichte	Leibesübungen _ausreichend_
Erdkunde	Schwimmen ....

III. BEMERKUNGEN _____

Overhagen _____ den _31. Oktober_ 19 _52_

Die KLASSENLEHRER in   DER SCHULLEITER
S.L. Bartholomae   _Müller_

Unterschrift des Vaters oder seines Stellvertreters

VOLKSSCHULE _Overhagen_

Kreis _Lippstadt_

Schuljahr 19 _52/53_   Klasse _I? 3/9_   _2._ Halbjahr

I. FÜHRUNG _gut._   Häuslicher Fleiß _mangelh._
Beteiligung am Unterricht _mangh._   Schulbesuch _regelmäßig_

II. LEISTUNGEN

Religion	Rechnen _mangelhaft_
a) Bibl. Geschichte _gut._	Raumlehre ....
b) Katechismus _gut._	Englisch ....
Deutsch	Naturkunde ......
a) mündl. Ausdruck _gut._	Naturlehre ?
b) Lesen _mangelhaft_	Musik _befried._
c) Aufsatz _mangelhaft_	Zeichnen u. Werken _mangelh._
d) Rechtschreiben _mangelhaft_	Weibl. Handarbeiten _mangelh._
Heimatkunde _mangelhaft_	Schreiben _ausreichend_
Geschichte	Leibesübungen _ausreichend_
Erdkunde	Schwimmen ....

III. BEMERKUNGEN _____ _Nicht versetzt_

Overhagen _____ den _11. März_ 19 _53_

Die KLASSENLEHRER in   DER SCHULLEITER
S.L. Bartholomae   _Müller_

Unterschrift des Vaters oder seines Stellvertreters

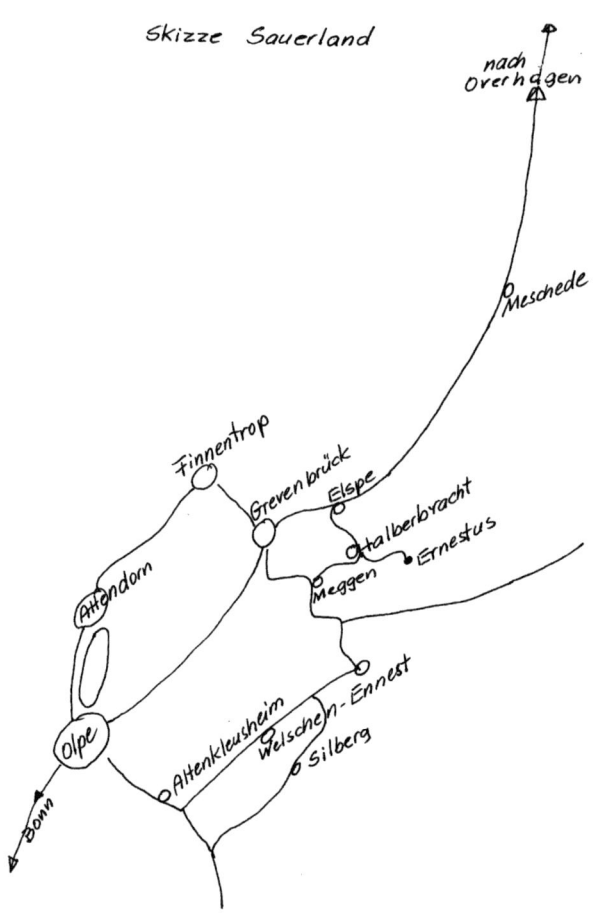

Skizze Sauerland

nach
Oyerhagen

Meschede

Finnentrop

Grevenbrück

Elspe

Stalberbracht

Ernestus

Meggen

Attendorn

Olpe

Altenkleusheim

Welschen-Ennest

Silberg

Bonn